字母會 M死亡

L'abécédaire de la littérature:

M comme Mort

L'abécédaire de la littérature:
M comme Mort

目次

字母會 死亡

楊凱麟

M如同「死亡」

M comme Mort

性別、地域、膚色、家族、政治、戰爭、愛情……都能掀起小說等級的事件，甚至「事件缺席的事件」。然而，書寫事件並不等同於講故事或內容獵奇，小說透過語言探究事件，而最根本的意外與未知之物，就是死亡。死亡既是語言的界限又是核心，傅柯說，「從朝向與背反死亡、持有或拘禁死亡來說話的那天起，某些事便誕生了，這是根據著棲息與隱藏著我們今日語言的奇幻多樣化與厚度無止境地重啟、敘說與倍增的喃喃低語。」就像是由死亡的邊界觸底、折返，開始枝椏漫生，構成界限外不可見與非思之物的全景虛構鏡像。

生命由各種大小事件組成，但死亡並不在這些事件之列，它越過生命的極限，既是我不在的我的事件，又是與我無關且我毫無權力的確然不可折返之點。死亡以事件最純粹與獨立的方式降臨，它是一切想像的邊界與存有的不可見形式。我活著，因此與死亡毫不相干，總是「有人死了」但不是我，對我而言死亡是「無現在的無止境時間」。未來我將死亡，而且我必將死亡，但是我過去沒死且現在也還未死。死亡就如同生命的深淵，它不是基礎，但卻是一切基礎與理性的缺席與喪失。

布朗肖說：「我的死亡必須總是成為對我更內在的：它就必須如同我不可見的形式，我的手勢，我最隱密祕密的沉默不語。我必須做一些事以完成它，我有全部事要做，它必然是我的作品，只是這個作品在我之外，它是在我之中我所無法闡明、我所無法觸及與我不是主人的這部分。」正因為是一切的邊界、外部與不可見性，因為總是隱匿與不可測，死亡成為作品的同義詞，既是絕對域外又必須「總是成為我更內在的」。由虛構的摺曲與鏡像的倍增所構成的凹陷核心開始，書寫就是喃喃自語，因為所有的獨語都為了戡止那意圖中斷此話語之物，書寫同時又是沉默不語，因為它面向最深沉的「非現實」。

死亡是生命中的事件，甚至是一切事件的事件，問題性的最終形式（誰？何時？在哪？如何？），像是語言中暗咽的伏流與存有的空洞核心，在句子能被寫下前便漫漶紙頁。死亡或許不再是人們所說的終點，不再是生命的撤手與抹除，相反的，正是在我權力之外、與我無關與毫不確定中，死亡既無止無盡又有去無回。

布朗肖說，我們都是自己死亡的詩人與「形象製造者」。死亡不可避免卻又不可觸及，在對於死亡諸多不可思考的肯定中，死亡成為每個人獨一無二的作品。文學在與虛構與非現實的親緣性上，已是某種「預知死亡記事」，而死亡，則是由諸弔詭與不可見所重重匯集的非人之境。

字母會

胡淑雯

死亡

M

死亡

Mort

葬禮過後，她短暫失去了聽覺。再聽見的時候，竟然受不了聲音了，於是經常躲在大樓的天臺，看豐滿的雲排成一列沉默的羊，影子在風中疾行，追趕遠方的細雨。雲再怎麼追撞也不吵不鬧，風再大也是好聽的。

她的聽覺犯了過敏。以此刻來說，除了水表電表的滑擦聲，十一樓貓咪的腳步聲，她還聽得見八樓在練琴。惱人的不是琴聲而是女人過長的指甲，在琴鍵上碰出碎裂的雜音。夜裡睡覺的時間，她能聽見那女人翻身的聲音，乳房溢出漾漾的水聲。「倘若能夠聽見小草成長的聲音，聽見松鼠的心跳，我們或許會因為再也無法感受寧靜而被吵死。唯有配備一定程度的愚蠢，我們才能不顧路上的水窪，快步向前……」失眠的夜晚，她徹夜翻讀哥哥抄寫的閱讀筆記，先是不自覺地、斷斷續續的啜泣，接著放聲宣洩，痛哭失聲，感覺體內「有一處腫痛裂開了」。她感覺自己漸漸流失描述感受的能力，就連這裂開了的腫痛，也得自哥哥的閱讀筆記。

醫生說是幻聽，她沒有意見。哥哥會說，妳只是傷心罷了。為了讓自己的神智免於藥物的摧殘，她最好承認自己有病。她聽見八樓的女人趁著男人外出，虐待新來的女傭，女傭在男人返家以後，誇張地跛著足板，蹭出一長一短的步伐。女傭每日在睡前修理指甲，銼刀往返於希望與困頓的中途，掉落的塵屑震動了她的心臟，與木板中的白蟻。白蟻死了很久，卡在木板縫裡，一摸就化成粉末。她在電梯裡遇過八樓的那個女人，她的體味像萎落的花，對著電話向靈媒抱怨，「你說杜鵑花開的時候一定會離，結果呢？夏天都要過完了……」電梯向下，手機斷訊，女人將身子挺一挺，變回一堵等待的牆，就在這一刻，她再次聽見女人乳房裡的漏水聲——人造的豐腴點點流失它許諾的歡愉，化做兩道鹹鹹的水路——她想警告她，但是她不敢，害怕自己被當作瘋子，或色情犯。

她做過實驗：假如用力摀住耳朵，就能局部癱瘓過敏的聽覺。由此可見，她的過敏不是心理變態而是生理變態。是物質性的，肉體變化。她對自己的診斷是：內耳神經叢（歷經一次或幾次不明確的傷害）為了彌補缺損，反而異常增生，演化出畸形的突觸。那叢變態的神經──假如真有的話──比沙粒更小，是一束比針尖更細微，內裡卻臃腫推擠的物質，磁振造影找不到，正子掃描也找不到，自然得不到確診。像一顆肉眼看不見的痣。她想像這顆痣是深藍色的，類似瘀青。

這顆藍色的小點，讓她成為一個異常安靜的人，安靜得像一顆痣。

她之安靜得像痣，純然是因為，她耳內的痣太吵了。這束時時閃爍的光點，以不懈的毅力，永不間斷的耳語，為她收進了漲滿的聲音。有時候，她必須製造強烈的噪音，才能獲得片刻的寧靜。這是警察獲報來訪的原因。

警察離開她的住處，回到街上處理附近另一個大吼大叫的男人，與被他吼叫的女人。——連續四個午夜，男人以憤恨的熱情霸占整條街道，對著一扇二樓的窗戶吶喊：「臭雞掰，噴香水，一天要洗五十遍。」男人醉得厲害，吐出的每一個字都在酒裡浸了整天，跌倒的字句成堆含在下顎裡。那雞掰究竟太香還是太臭？一個天天清洗五十次的地方，是太髒還是太乾淨了呢？唯一可以確定的是，這個男人為了他口中的「臭雞掰」，寧願天天跟警察扭打，天天去警局過夜。

醒來已過正午，出門覓食，順手將郵箱清空，陌生的郵件再次向她推銷她的生日。髮廊寄來卡片：剪髮八折，染燙七折。保險公司也獻上賀禮：他們要送她三十萬元，假如她在半年內死掉的話。手機客服部門，銀行信用卡部門，百貨公司的這個專櫃那個專櫃，生日是一場折扣的盛宴。廣告文字嘩啦啦啦洶湧而至，字與字摩擦、生電、相附相吸，在她的耳內滑動、重組、滯留、堆砌、變化意義，吸收鼻腔與喉嚨的溼氣，結成團塊。她的內耳腫脹發痛，一思考就起風。為了緩解耳內的痛楚，漸漸養成了拔頭髮的習慣。

去咖啡廳點了一份晚茶，附一塊蛋糕，為哥哥慶生。哥哥與她同胎，比她年長一刻鐘。隔壁桌的四個人，各自專注於眼前的食物，誰也不說話，誰也不看誰。彷彿桌上趴了一頭隱形的熊，四肢熊掌垂掛於四道桌緣，一人面前各有一份，四雙眼睛各自研究眼前的這一份，避開了彼此的目光。

尷尬的沉默夠久了。受不了的人先說話。

「媽，明天我無法陪妳去接爸爸喔，」年輕的那個女的說：「真的抽不出時間，一早就要開會。」

女人的蛋糕原封未動，鮮奶油已經潰散了，將染色的罐頭櫻桃推向邊緣。

「妳就不能早點起床嗎？」年長的女人說。

「我每天都忙到一點多才能睡。」

「講的好像我在虐待妳。」

「不是啦，我沒有這個意思，」年輕的女人說，「爸只是小手術，已經可以下床走動了呀！」

「妳就不怕他跌倒嗎？」

「明天我送妳上車，晚上煮一桌好吃的，幫爸爸補一補，好不好？」

「不做就什麼都不要做了，不必敷衍我。」

「我哪有敷衍？為了把你們的房間弄得舒適一點，我花了多少錢？跑了多少地方找家具？還把浴缸拆了，就是為了方便你們洗澡……」

「我知道我們很麻煩啦，要不是土石流把房子和果園弄垮了，妳以為我們會這麼厚臉皮？」

「我已經很努力了。」年輕的女人說。

「不用努力啦，都快半年了，那麼勉強幹什麼。」

「奶奶妳不要一直罵好不好？」沉默的小女孩說話了。

「我哪有罵？」

「明明就有。」小男孩也出聲了。

「你們兩個，不可以對奶奶這麼沒禮貌！」年輕的女人不敢迎接勝利，

「快，把蛋糕吃光，功課拿出來！」

「明天一出院，我們兩個老的直接回山上好了，省得讓妳教出來的孩子嫌我們煩。」

「奶奶妳講話好誇張喔！沒有的事，為什麼要那樣講？」女孩說。

「妹妹妳閉嘴！跟奶奶道歉！……說，說奶奶對不起。」年輕的母親不想吵架，不想與丈夫的母親落入這種親密關係。

「……」女孩嘟著嘴。

「說！跟奶奶說對不起！」

「對不起。」

「弟弟也一起說！說奶奶對不起！」

「對不起。」

「大聲一點！」媽媽說，「兩個人一起，說，奶奶對不起。」

「奶奶對不起。」

誠實沒有好處。說真話的孩子學會認錯，繼而學習沉默。一桌四口頓時回到先前的靜止，再度專注於餐桌上，那隻不存在的熊，直到無聲的謊言再也無以為繼。

於是媽媽開口了：「今天音樂課學了什麼歌？」

「幸福的蝴蝶。」

「來，吃一口。」媽媽抓起叉子，剁下蛋糕的一角，將它塞進男孩嘴裡。

「翻到那一頁，乖，唱歌給奶奶聽。」

「蝴蝶睡在花叢裡……翅膀腳底甜蜜蜜……」

顫抖的叉子碰響了顫抖的盤子。媽媽剁下蛋糕的另一角，將東西塞進女孩嘴裡。

「彩虹躲進大雨裡……幸福的光線在谷底……」

小孩的歌聲細得發抖，繼而抖著身體，歌聲愈抖愈細。

有時她寧願失去聽覺，聾掉或許舒服一點。麻煩的是，她總在不想聽的時候格外敏於聽覺。

離開咖啡廳以後，她在回家的路上，遇見一頭大鳥。牠站在路中央，車流裡，非常困惑的樣子。她站在路邊看著，想確認牠的安危，見牠原地踏步，任往來的車輪轟轟劃過身邊，彷彿不知道害怕。她想嚇唬牠，讓牠飛離地面，又怕弄巧成拙。小時候她為了拯救兩條相連的狗，把狗弄得哀哀叫，渾然不知人家正幸福地交配著，無知的善心是會造成傷害的。但大鳥被車撞了。像是在懲罰她的猶豫似的，一輛機車轉過彎，撞上了大鳥。她尖叫了一聲，對自己的聲音感到異常陌生。大鳥騰空一旋，落了地，全身的毛都亂了，翅膀微微攤開，凝結在驚恐中。她走近大鳥身旁，將車流引開，等大鳥回過神來。但大鳥凍成雕像，沒有要起飛的意思。黑暗中，她感覺大鳥的頭頂有血的色澤，她不敢出手碰牠，因為牠太大了，體型不輸一隻貓，而她對鳥類一無所知。牠沒有動，顯然也沒有死。待她克服了驚恐，才看清大鳥的頭頂並未出血，是霓虹的燈光。牠巨大的身型提醒她，牠是一個生命體，張著圓圓的眼睛，注視著誰也看不穿的，無期的死亡。

她望著這龐大的生命體，直到有勇氣蹲下來，確信自己龐大的人類身軀不會再製造更大的驚恐。她不敢赤手碰牠，牠的喙，牠的足，牠的翅羽，對她來說全然陌生，帶著神祕的殺傷力，那是牠自保的武器。於是她脫下外衣，把衣服當作手套。就算隔著衣物將牠抱起，也能感覺牠的骨架，牠的體溫，體表上的羽絨，那凌亂的觸感。她不敢再感覺更多了，害怕自己會摸到血，或斷掉的骨，或包附在細骨中的心跳。在試圖拯救的同時，逃避著拯救這件事，害怕對陌生的生命負起責任。

大鳥顯然受到很大的驚嚇，全身的羽毛都張開了，豎起來，細細顫動著，卻沒有抗拒。她跨過馬路，將牠放回最近的公園，猜想這是牠棲身的地方。一個老先生迎上來，聽她說明事情的經過，出手將大鳥抱起，赤手翻看大鳥的傷勢，帶著老鳥的自信，說，這種鳥我認得。大鳥在老人手中翻來轉去，看不出可見的傷痕。老人的態度輕鬆，散漫，一點也不怕弄痛了大鳥，像是不在乎動物的死活，又像是看淡了生死。

回到家，準備洗澡的時候，她發現外衣的袖口有血。那隻大鳥流血了。她上網搜尋相關常識，得知，車禍受傷的鳥禽很難活過天亮，野狗會攻擊牠，將牠撕成幾段，天一亮，清潔隊員就會將牠當成垃圾運走了。她奔回小公園，在黑暗中搜尋了幾回，大鳥已經不見了。再過一小時，就是哥哥與她的生日了。她聽見住處樓下那隻四歲的哈士奇在哭。這隻可憐的小狗天天哭，牠得了骨癌。疼痛跟軍人換哨一樣規律，四個小時輪一班。牠的聲音天天在變，舌頭愈來愈硬，飼主怕吵，讓醫生割掉了牠的聲帶，但是牠哭聲依舊，漩湧著空洞的氣流，嗚嗚嗚嗚，持續傾訴著對人類的愛，對人類的恐懼與困惑。

那個晚上，她總算看見了哥哥。她路過一間安靜的小屋，空氣中飄著海的鹹味，天空是紫灰色的，風細細吹。一個男人走進她眼裡，正要跨過小屋的前庭，柔軟的帽沿掀起一角，露出側臉。她一眼就認出了哥哥，但他似乎沒有注意到她。

哥哥臉上殘留著水的腫脹，然而步履輕盈，彷彿剛去游泳，還抓了兩條魚當晚餐。她在哥哥踏進小屋的一刻，偷偷摸摸喊住他，「喂，原來你躲在這裡呀？」

哥哥回頭，微笑看她，沒有出聲。

「葬禮已經辦了，我不知道該怎麼向大家解釋。」哥哥沒有開口說話，卻能將心意傳送給她。這裡不需要聽覺。

「我可以替你解釋。」她答。

「不要，」哥哥指著自己的心，一語不發告訴她，「這裡很安靜，我喜歡待在這裡。」

這裡是綠島。她從來不曾去過綠島，於是她知道，這理當是一場夢，而她竟成功入睡了。

夢中的人不必開口說話，就能溝通。她追著哥哥的背影，問，「那天你是玩真的，還是不小心的？」

從哥哥留下的札記顯示，此前他排練過至少六次，在他看來，最好的地點就是綠島：隨時出發，免簽證，讓事情貌似一場意外，免除家人的痛苦。尤其，他生前買了保險，老老實實繳了十幾年，他不希望理賠金被沒收。綠島不似澎湖或蘭嶼，觀光客在冬日尤其稀落，也不似金門或馬祖，駐滿了軍人。

「這次也算是某種練習吧，試水溫，結果一個失誤，竟然就成功了，」

哥哥笑著把訊息傳給她，「這種事，大抵都是經由失誤而完成的吧。」她看不到哥哥的臉，卻感應到他的笑容，雖然她並未聽見他的笑聲。

夢裡的她不需要聽覺，卸除了過敏的辛苦。夢也罷黜了人言的聲響，繼而罷黜了謊言。

哥哥溺死於大漢溪，時間推算是四點多，一月十三日清晨，氣溫十一度。書桌上的電腦是開著的，一件工作中的檔案處理到中途，沒留下遺書。

「哥哥，政府把外公的遺書還給我們了，我影印了一份燒給你，你收到了嗎？總共有四封。給外婆的那一封，可惜她癡呆看不懂了。他說他愛她，請求她改嫁。外公國語不好，還把無辜的辜寫錯了。給媽媽的那一封，還用了可愛的ㄅㄆㄇ呢。絕筆的日期是一九五一年八月二十日。這麼多年來，我們都弄錯了他的祭日。」

這一次，哥哥帶她去他的夢裡散步。夢中的她驚訝不已：原來死人也是會做夢的啊。她在自己的夢裡看見哥哥夢中的自己，驚異於夢的慷慨、無比華麗的溫柔——只要你願意，它什麼都肯給。

「我以前就經常夢到這裡，」哥哥說，「因為我以為死去的外公會定居在這裡，但是我弄錯了，他早在移監之前就死了呀。」

哥哥帶她來到蔓草荒生的「十三中隊」，躺著抽菸，身邊圍繞著十幾座凌亂的矮墳。「十三中隊」是刑期間病死或處死的、陣亡者的墓，也收留了病死在這裡的管理人員。哥哥在這裡放牧、養樹。樹是本來就長在這裡的，羊是雲做的。

她問，「女生中隊在哪裡？」哥哥就遙遙指向一處已然不存在的遠方，她說了一聲喔，表示我知道了，那消失的遠方就重現了。

「遊客只去玩水的地方，」哥哥說，「這裡最安靜。」安靜得像遺忘。

哥哥讓她躺在他的腿上，像小時候一樣，為她掏耳朵。

「你來到沒有聲音的地方，卻把過敏症留給了我。」她說。
「對不起，」哥哥說，「那我讓妳在這裡待久一點。」
兄妹倆像一對外星人，以心電感應溝通於無有之地。
「……」
「……」
「哥，蝴蝶有耳朵嗎？」
「沒有。」
「難怪牠們從來不叫……」
「其實有時候也會叫的，腹腔會震動，只是人類聽不見。」
「我最喜歡蝴蝶了，牠們從來不會吵我…」
「但是牠們也會撒謊喔，」哥哥說，「有些蝴蝶會欺敵，變色……」
她搶話，「這是為了保命，不是因為貪婪或自私啊……」
哥哥讓她脫掉鞋子，在無垢無欺的童年裡翻滾，直到夢域外的暴雨闖進來，雨水淋溼了他們棲息的墓園，澆熄了太陽，刷掉樹葉的油光，洗掉花朵的顏色……瞬間，她被大雨嗆到了，深吸一口氣，自哥哥的夢裡甦醒至自己的夢裡，再從自己的夢裡甦醒過來，張開眼，發現天色已微微發亮，窗外正下著大雨。

夏季的夜間暴雨洗刷了所有的噪音，雨愈大愈是安靜。雨一停她就出門去了，到公園裡尋找那隻大鳥。昨夜沒找到也許是因為天色太黑。她後來知道了，那種大鳥叫作黑冠麻鷺。

公園裡的人三三兩兩，都是雨後出門透氣的，早起的老人家。她繞了幾圈，檢視草皮，草叢，發現附近有一間狗屋，屋子裡沒有狗，草地裡沒有鳥屍，也沒有殘餘的鳥羽，樹叢與樹梢裡都不見大鳥的蹤影。涼亭裡的人說，清潔隊員已經來過了。

「有沒有人看見一隻受傷的鳥呢？」她問，隨手比劃著鳥的身形。沒有人看到。她將大鳥的事情從頭解釋了一遍，忽然一張臉冒出來，自涼亭的另一頭穿到她面前。是昨晚那個替大鳥檢查傷勢的老先生。

「妳說那隻鳥啊，」老先生說，「牠休息了幾分鐘就飛走了。」

啊，她如釋重負。大鳥以頑強的生命力原諒了她，釋放了她。

老先生遙遙指了指，說，那隻暗光鳥住在幾公里外另一座更大的公園，偶爾來這裡玩，牠有一個伴，經常一起出現的。她聽著老先生說的話，恍恍惚惚的，因為沒睡飽的關係，犯著嚴重的耳鳴，車聲洶湧而進，可怕的噪音依舊，然而這一次還好，似乎可以忍耐了。

字母會 M

死亡

陳雪

死亡

Mort

登上一座老舊的無電梯公寓三樓，樓梯間陰暗雜亂，每層樓對向兩間屋，我們前往右手邊那間，單薄紅漆鐵門推開，木門發出喞呀扣合不準的聲響，無陽臺或玄關，僅在入門處散亂放置幾雙拖鞋，牆邊開放組合鞋櫃整齊擺放八雙鞋子，有尺寸過大的男性皮鞋、球鞋，女性低跟高跟鞋、涼鞋（我頭一次意識到母親的腳是如此之小，如她的存在單薄近乎無跡），事發多日後屋裡仍舊瀰漫強烈化學藥物與嘔吐物混雜的氣味，客廳地板與茶几上的什物凌亂，物品散落，像是有人匆忙打亂，或火速提取了什麼，或者對於生活散漫已至無暇顧及整潔或美觀，但我隨即想到可能由於當日母親服藥後因強烈痛苦而掙扎，電話求救後救護人員趕至，臨時施行的急救措施，導致現場如此不堪。此景況更讓我感受到母親服食農藥之後身體心靈承受的巨大痛苦。我在母親的姊妹淘君君阿姨陪同下進入那屋，外公死後，母親除我以外再無其他親人，生前與母親同住的男人，母親的現任男友何叔叔，我在醫院見過兩次，高大安靜的男人，一直默守在加護病房的家屬等候區，但因為無親屬關係，只被允許進入探望兩次，後來君君阿姨對我說，何叔叔多次向母親求婚，但母親總為自己離婚且負債的身分自卑，不肯答應。何叔對於沒能及時阻止母親自殺，悲痛難抑，母親選擇在他上班時間自殺，卻又算準他回家後會看到，搶救不及，但不至讓屍體腐爛，表示母親信任他，又不到可以為他放棄尋死。她沒想到那日何叔叔中途回家拿文件，將服藥不久的她緊急送醫。母親經歷了二十四小時痛苦不堪的急救。

「妳想帶走什麼都可以。」君君阿姨說，母親後事全由父親這邊辦理，地點在母親的故鄉，我懷疑母親還有什麼所謂的故鄉嗎？她一人無親無故，最後與外公葬同一靈骨塔。

母親的房間，唯有此處仍有香氣，潔淨的床鋪、死亡未曾到訪，我躺臥於她的床褥，聞嗅她的被單、枕頭，我打開她衣櫥，整齊吊掛的服飾似乎已經處理過，或她真的只擁有如此少的服裝，我逐一取下，五件上衣，三件洋裝，長褲數條，外套幾件，貼身衣物我沒帶走，以母親的潔癖（我還記得，母親是典型處女座），即使親近如我，也不願讓我來碰觸她的褻衣。

我在狹窄臥室內盤旋，焦躁如狗，我渴盼取走所有母親的遺物，以永久保留她的形跡，但我自己在父親的家中連一個獨處的房間都無，要將母親的物品保留於何處？我與君阿姨商量，大件物品存放於她家，我只帶走相簿、枕頭、幾件衣物，與母親的手錶和首飾。

漫長的記憶重建工程開始了。

母親死前，已經離我很遠，或，是我遠離她了，自她與父親離婚，最初我們每個月至少見面一次，我上國中後次數漸減為一年幾次，只剩年節時陪她到外公葬處掃墓，我到外地讀高中，每週回父親家，讀書、打球、戀愛，總有更重要、更快樂（是啊，與母親見面後來已經成為不快樂的選項）的事使我分心，又或者我藉由這些來逃避對母親的愧疚，每次見她，她更憔悴、憂鬱、失意，與我年輕正燦爛的生命形成強烈對比，且我已從最初對小媽的抗拒，慢慢放棄對抗，消極進入她與我父親打造的「衣著光鮮、充滿物質」的和樂之家。

母親的死是對我的抗議嗎？抗議先是父親遺棄了她，而後我也加入遺棄的行列。

或者，那不是抗議，而是最後的反撲，唯一的武器是她的肉身，她在我心中消失的速度正在加快中，她要奮力一搏使時間停在一個不可迴轉、無法抹滅、無能改動之處。

何者促成她的自死，我不知道答案。

母親無疑深愛著我，在她個人所有為數不多的物品中，有大量關於我的，孩童時代的衣裳，小學的作業、書包、制服、國中寄給她的卡片，距離最近的是我高一在她生日時寄給她的卡片，而那離她去世時也有兩年了。相簿裡的時間早已靜止，不知是她離開我父親家後就不曾再拍照，或照片已被她銷毀(照理說，該銷毀的不是她與我父親那段嗎?畢竟是父親背棄了她，還令她難堪地被家族趕走)，兩大本相簿都是我出生後的照片，有我的嬰兒照，母親抱著我、父親抱著我，或我們三人在某個類似遊樂園的地方，也有母親在家裡診所的照片，她穿著護士服，白皙的臉略帶愁容，憂鬱美麗，母親有兩張獨照，二十多歲的她，眉宇有英氣，深深眼眸卻又帶著女子的柔情，我臉上幾乎沒有與她相似之處，我長的就像我父親，太像了，即使我是個女孩，嬰兒時期也酷似父親兒時，祖父母因此特別寵愛我(加上我是第一個孫子，以及日後失去母親的身世)，母親是否也是因為這張酷似父親的臉，而將所有情感投注在我身上?我依稀記得童年時，在小浴室洗澡，母親蹲跪在地，用勺子、海綿，仰著頭為還是小孩的我洗澡，為何我記得她眼神裡的依戀?她欲言又止的神情，那時父親已經長期不在家了。

整理遺物是個漫長而痛苦的過程，何況她才以慘烈的方式死去，小媽請來的法師要為母親超渡，需要母親的衣物，整個喪禮期間法師來來去去，誦經助念、作法祈福，繁雜儀式還嫌不夠，七七四十九天，有種種需要撫靈超渡的程序，母親死後，原本已經信奉道教的我們家族，整個瘋狂陷入「亟需各種靈魂救贖」的狀態，「自殺者會下地獄，」小媽說，「我們要幫妳媽媽多做功德。」她說話時總有一種「靈媒」的神情，當初她即以一張美豔小巧的臉，又有個巫者般的預言能力，以及我猜想，各種男人（或就專門為我父親而訂製）無法抗拒的魅力（性、妖嬈、撒嬌、政治）擄獲了我父親，甚至讓她得以扶正，正式進入我家族，我不知那整個過程有多複雜，母親是在何種羞辱底下離家而去？我不知細節。處女座的母親做事一絲不苟，自小由當軍人的外祖父單親養大，更形塑她硬頸、固執、潔癖，我猜想父親愛過母親，母親的美貌與衿持使浪蕩的父親著迷，娶回家後卻為她的固執與倨傲苦惱，小鎮耆老、延續上一代志業開設診所的祖父疼愛我母親，父親便大咧咧地離家浪蕩，而與小媽有了「我妹妹」，那年我三歲，母親的肚皮一直不見長大，或她也不讓父親碰她了。

以祖父的固執，在鎮上的名望，家族遠傳的美德，要如何驅趕一個已經有了五歲孩子的賢良媳婦？等到小媽帶回了真正的「長孫」，無論我多麼酷似我父親，我畢竟不是男兒，我小弟出生後，一切都翻盤了。

離開母親公寓，傍晚時間，我搭乘家中司機的車從市區返回小鎮，母親經常也是這樣的路途，自己搭公車轉火車到鎮上接我，計程車已經在門外等待，經濟拮据的她，總是帶我搭乘計程車離開，回程時也全程以計程車送我回家，彷彿，要在那樣的交通工具裡她才有辦法靠近我們家，但她從不下車，只是安靜地坐在車子裡，目不斜視，家人也沒有過來與她言語交談，一切靜默彷彿無聲影片，小學時我很期待這每個月一次的會面，母親搭車離開時，我總是流著淚追車，母親也會不斷將頭探出車窗對我揮手，但國中後我不再追車了，安靜的小鎮不適合如此張揚的愛，母親工作忙碌，變成我搭車去看她，到了她家，我也都只是在客廳看電視，母親家裡甚至連第四臺也沒裝，週六週日她也得加班，即使她會刻意帶我上館子，很多獨處時刻，她都在說教，要我出人頭地。

細節我都忘了，好像我自己的記憶也都停在母親未離家前，好似那個離婚後的女人已經不是我喜愛的母親，她變成一個愈來愈陰鬱、悲傷、沮喪的女人，母親離婚後交往一男友，卻因資助這個男子做生意，背上了一百萬的卡債。而與男人分手那年，外公去世了。

屬於我的生之時光從離開母親住處那天下午開始停擺，時間不斷回返，雙面時間其一的我過著繼續成長的十八歲、十九、二十，大學畢業，進入職場，在一段又一段戀愛裡尋找依戀，另一面的我，知道每個戀愛的女人都不可能是母親，談再多戀愛也無法挽回錯誤。我內在時鐘愈活愈倒退，要縮減與她分開的時光，退回與她共處的童年，每一天倒退一天，過去與現在重疊，我不再是我，我是母親與我的共生體。

我幾乎是在她死後才開始一樁一件回憶起她渴望我記住的一切（是這樣嗎？或只是我企圖減輕自己的悔罪與內疚），但記憶如此脆弱，在記起的同時又不斷地喪失，時間與空間在我身上製造出迴旋，我成為被時間摺疊，死與生中間的存在。

最初，我只能記起一些小事，在母親去世前的那幾天，所有細碎的光影、語言、動作、神情，是否暗示著她將自死，但我卻沒有看懂？小事帶領著更微小的事，但都是我不忍也不敢碰觸的記憶。我用紙筆記下所有一切。我愈是回憶，愈是書寫，文字與紀錄便將我帶領進我從未發現的新的歧路，我記起曾在母親住處看過精神科藥袋，內有藍藍白白幾種藥丸，我見過她睡前摸摸索索喝水吃藥，半夜醒來發現她於浴室哭泣，那些如暗影的記憶被藏進我不願承認的角落，雙向迴路將我愈拉愈遠，母親愛我，母親恨我，我愛母親，我棄她而去，我有錯，我沒錯。死亡裁決了一切，定格在我的負棄。

我將母親的相簿逐一翻拍在手機裡，有空就反覆瀏覽，回到獨自的住處，我時常撫摸那些已經泛黃老舊的相片，那逐日變得模糊的身影，記憶一直在破損，照片依然清晰，但我快要忘記真正的她了。

與安初識的時候，她劈頭就對我說：「妳身後跟著一個藍色的靈。」

那是一個公司派我參加的進修營隊，我已二十八歲，母親離開十年整。十八歲到二十八歲，是段漫長的時間，卻又短暫得不夠回顧所有發生，關於母親的紀錄已塞滿三大本筆記，我確定自己可以針對此事無盡地書寫，比如某一個母親帶我去廟裡拜拜的下午，那天的雲彩光影有數百種姿態，母親這樣或那樣說話，內容可以自行衍生。比如我在心儀的女子身上，認出唇邊笑紋或輕輕皺眉相似於母親習慣的小動作，又在女人哭泣時驚恐於母親生前未對我當面流出的眼淚。

母親死後我才栩栩如生地活了，沒有死亡在一旁陪侍，我不知如何度日。

「誰也無法贏過一個死者。」愛我的女人抱怨，好像不是她們主動要離開我的。

當時旁邊還有其他學員，安也沒有再進一步深入這話題，但我心中已差不多有底，午休時在餐廳裡她又跟上來跟我一起坐。父親英俊風流，神似他的我深得女性喜愛。

「如果在安靜一點的地方，可以看得更清楚，連狀態、時間都看得到。目前只看到高而單薄，胸口是黑色的，雙手摀著頸子，我想不是上吊就是吃藥。」安說。

我怒視她，她怎敢這樣提起好像她什麼都知道？但我在她眼中看見的卻是無比的溫柔與哀憫。

「我父親死於上吊，屍體是我發現的。但在他死前我就看得見靈了，父親身後的靈是車禍死去的祖母。」

安提起了母親的自死，我沒駁斥沒反抗，只是呆楞聽她說話，她說母親在生死交界飄盪，無法轉世，亦不能投胎，「妳必須愛她，用愛拯救她。」我震驚無語。除了親近家人，我身邊無人知道母親真正死因，鄰居親戚都只知「母親死於急症」，有些人甚至根本不知母親死了，對家族的人而言，離異那天，母親已經不屬於這家族，「被取消了」，扶正的小媽取代了她全部的地位，為避免尷尬，大家幾乎絕口不提及母親，無論是她的生或她的死，猶如我根本沒有親生母親，或者說，小媽就是我的生母。母親的自死，我連與父親都沒討論過，生平第一個與我討論的，卻是素昧平生的人。

在訓練中心那幾天，我與安吃住都一起，母親的話題使我們相親近，第二天晚上我進了安的房間。

我與安性交的時候，她說母親也在一旁看著，安赤裸的身體發著螢光，在癲狂時發出囈語，我想會不會是母親來附身了。我輕撫她受創的喉嚨、胸腔、腸胃，愛撫她被巴拉松強烈藥性侵蝕的全身，死前的二十四小時，她處在極度的痛苦裡，我忘不了她那扭曲的臉，她插滿管子、呼吸器的身體，她的每一個受創反應都在這十年裡於我體內反覆重演。

與安的愛情，混雜了對母親的追憶，悼亡、牽魂、通靈，與她的相處愈久，愈感到母親對我的纏繞與綑綁可能有機會解開，我不知是愛安或者需要她，我們分秒相依。

我既畏懼談到母親的死，又總刻意提及她的死，彷若能再一次提及她的死亡，即表示我又再一次地銘記了她，反之亦然，在不能說明她死因的時候，甚至當他人指稱我小媽「太年輕了，像姊妹不像母女時」，家人總哼哈敷衍帶過，我與他人猶似再一次褻瀆了她的生命。我對安滔滔敘述，比起單向地筆記書寫，面對安，我感覺有機會進入幽冥，與母親對話。

以母親自死為界，我進入了生死交錯的陰陽交界，安的出現，可能是穿越死與生界線的鑰匙，「我知道這些年妳受苦了。」與我相擁的安開口說話，發出的卻是母親的聲音，我驚駭又狂喜，十年來我不曾夢見母親與我說話，夢中的她永遠都是模糊的身影，只是像照片一樣平面的形象，每次都不言不語，很快地像雲霧散去。但此時，安的臉與母親重疊，活生生的安嘴裡吐出母親的聲音，我開始嚎啕大哭，「對不起，對不起，我對不起妳。」我企圖說話卻發出父親的聲音，正在交合的我們彷彿只是容器，承擔著跨越時空與生死的這兩人必須的重逢。

如電流般通過我身體的，是一種無法解讀的訊息，使我瞬間蒼老了許多，讓我擔憂我也正在瀕死邊緣，只一瞬間，安的眼睛重新聚焦，我來不及聽到更多他們的和解或繼續的疏遠，性愛過後的安猶如起乩過後退駕，整個人軟癱在我懷裡，曾經使我顫慄的空洞感覺又再度出現。

「死就是一切都無法挽回。」有個聲音這麼說，安又變成了最尋常的女人，那些我愛過又離開的女人，每一次戀愛都是降靈會，即使親赴冥界也無法使我產生愛人的能力，我知道我永遠不會快樂了，我所有的愛都屬於逝去的母親。

我起身穿衣，離開安的房間。在黑暗的通道裡，我悄聲對亡母說話，其實毋須通靈者，我也能夠與她對話，因為我背負著她的死，已成注定，「母親，不用原諒我，我願意永遠為妳悼亡。」我知道愛夠之前，母親不會離開，甚至，母親若離開了，若我卸下了這個傷痛，我將無處容身，無以自處，在我生命中依舊是不言不語的她，死是沉默的允諾，死是永遠的保證，她擁有我，我擁有她，這是在那天就寫好的事。

字母會

死亡

顏忠賢

M

死亡

Mort

「那個鬼地方不知為何就叫作孤山陣地。」她跟D說起那個小時候爺爺常常帶她去的惡夢般的鬼地方……那或許更是一個禁忌的活人不應接近碰觸的鬼地方，充滿了彷彿是要去碰更裡頭某種更曖昧不明的暗示，像女妖彎身掀裙子是因為裡頭有比下體更可怕更威脅的什麼，或許更像是山裡的暗黑洞口或像風水的不祥穴位，充滿了怪異費解謎團的不明咒術邪靈神力的靈異感……

那個荒涼到慘淡可怕的無人地帶卻不知為何出現了路旁一個斑斑駁駁木製路牌上頭寫著的地名「孤山陣地」，難以描述的滿山綺麗風光奇景卻有極不尋常的廢棄感，無人打理到往往走好久都沒人地空曠陰沉。那個深山最深的死角甚至有一個陰暗的大眾廟叫作全泰堂就在諸多胡亂掩土埋葬死人死流浪動物的亂葬崗旁。而且墳場的最前頭還有髒兮兮的赭紅旗荒謬地用古楷書毛筆字大大地寫著：「歡迎諸賢」……

她跟D說，那個鬼地方就在我爺爺老家後頭，但是小時候卻是老被當成禁地，因為始終被老家族所有老人恐嚇那大眾廟太過恐怖到老出事也老聽到太多怪聲音看到太多髒東西。即使長大以後很多當年的恐懼及其因而引發的種種好奇都快忘了，但是仍然充滿狐疑的那種莫名的太陰森太可怕，那時候的她因而老喜歡找唯一不怕大眾廟的爺爺偷偷地往那個鬼地方跑。她老想要做的，一如小時候爺爺常笑著對她說的：「讓我們幫死人變妖怪。」

那感覺妖怪很多的後山在最末端的山腳下還有那座老舊失修大眾廟旁的亂葬崗也有一個破舊木牌更怪異地亂寫著很多很多不知是不是孤山陣地亡者的怪異名字……爺爺老是跟小時候太好奇的她說，人都要先死一次以後就變妖怪，然後就不會死了，還可以一再回來嚇沒死的人，這大眾廟裡可是充滿了一個個死人變的妖怪的鬼地方。

山路是從爺爺老家後門再往山上走，曲折離奇山路上隱隱約約有怪光在她們祖孫兩人老半夜三更去偷偷冒險攀爬時出現一如鬼火，爺爺老是會迷路但是說跟鬼火走一定沒問題，破綻百出但還是會堅稱說那山上一定有路，但只是那山路不知道要去哪裡……

因為最後她爺爺老是會說，常常到大眾廟拜拜就可以趕快長大趕快有神通……

每回迷路回來的她晚上有時就會夢見她入睡時床上那破爛不堪到半毀的慘白紗布蚊帳卻竟然像是一種華麗彩虹雲霞滿天飛的天幕，但是不知為何卻老被烏雲般的蚊群侵入包圍環伺而鎮夜追殺她……幫她解夢的爺爺半哄半騙地跟她說，那蚊帳其實或許是她在夢裡自己蓋的孤山陣地，充滿太完美又太危險的死人變的妖怪……但是她那夢中永遠是小時候的自己卻只老是發呆地想著這蚊篷到底要多大才能像天那麼大，她要長到多大才能有神通到會召喚起霧在晚上作法殺光妖怪般的滿天蚊子……

她跟D說，其實孤山陣地就在她爺爺老家逼近過去但也更逼近未來的後山，整個亂葬崗山下她的故鄉後來被切割到所有光景只剩都朝向同一個方向的那一條長年變荒溪河床的河和那一條灰暗嘈雜車身不斷疾駛過的快速道路，但是切割灰暗高架馬路另一端也不免一如這個島嶼所有小村莊終被徵收也就要變成某種怪異到亮晶晶的那麼庸俗的什麼鬼科技園區……但是爺爺老是對小時候的她憤怒地說，他寧願讓孤山陣地墳墓變成廢墟……因為死人變成的妖怪們可最害怕那種破壞風水的亮晶晶的那麼庸俗的另一種鬼地方……。

一如有一回夢中竟然出現的D對她說了一句她自己也聽不懂的話：「我們的怨念被召喚出來……」

那夢奇怪地使她極端納悶時不知為何被那句話突然啟動那地窖的極端險惡但是始終亮晶晶的怪異機關……致使轟然而急劇地切換所有角落深陷的古怪切割點。她在夢中和女校當年最要好的老同學D本來只是在有一搭沒一搭地敘舊，假裝什麼事都沒有但是卻又心事重重地微笑從容，彷彿好久沒見而有種忐忑又懷念，人生出過太多麻煩又逃離許久之後才回來……竟然在那地窖重逢的不可思議而扼腕嘆息，等待著什麼但是一直等待不到的空蕩蕩最後只好晾曬在那個角落……她和D始終在抽菸煙霧彌漫地誇張但也就這樣地攀談起她們當年女校偷偷摸摸使壞逃學抽菸種種餘緒一如煙影光影變幻都很幽微黝黑地晦暗，但是更後來彷彿有了什麼更奇怪的內在餘震般地變化出現，那種幽暗本來還很迷離詩意地有種莫名的擔心與開心，後來那句話卻啟動了開始浮現的搖搖晃晃的始終混亂……

更後來她們不知為何被放入了池中兩眼仍然眼睜睜地張開但是卻全身昏迷而怪異地變成縮在一起的倒影，在兩個大玻璃圓燒杯實驗室規格的泡福馬林液體泛黃懸浮不明漂浮細斑的煙影般倒影前，她不知為何自己和D同時會泡在那裡那樣逼近地親眼看到她們彼此胸膛被刨挖出了一團團觸手的怪物後……僅存肉身殘骸般正以某種怪異的扭曲姿態在緩慢地萎縮，但是她卻看得很清晰的那種荒謬感那麼無稽輕浮……太過缺乏死亡理應苦痛近乎窒息的沉重感，她甚至和D還仍然大聲地彼此調笑。

小時候不知為何仍會是那麼荒謬地無稽輕浮……就像跟爺爺去孤山陣地也只是動用某種術去窺探去找尋了更多或許仍然只像是勉勉強強自以為學會看死人，也許只是因為長大到隱隱約約還是只想著要如何找回死去的爺爺的什麼……總是讓她感覺到自己也可能老耽溺那充斥無稽狀態是為了逃避被旁人厭倦的孤獨或為了逃避在長大活下去是必然會令人感到愈來愈沉重也同時愈輕浮。

更不可拒抗的荒謬感……卻是那年夏天她爺爺原來想大修那個大眾廟，但是一動工就彷彿撞邪般地突然病倒延後，甚至後來爺爺不久就更因故染病過世……她才發現從以前不得不面對老家老親戚一個個病老離世總是處在一個不是悲慟的勉強憂鬱之中，但是對於爺爺的死也許是那麼不同的激動，一如她老想她家的祖墳也可以下葬在孤山陣地的那種荒謬……所有死去祖先們都變成孤魂野鬼被好心撿骨所亂葬成爛墓穴的可憐兮兮，使老家族活人承認所有人不免最後也會一如橫死終將隕落消失而後代完全不會有一點點的遺憾。

她跟D說，她愈來愈想念死去的爺爺才更想起過去那耐人尋味的古怪但荒謬的他是不是也終於變成了不會死的妖怪而感到開心。

也因此回去奔喪時才回想起過去太多往事而使她內心更是異常悲傷而心虛……也因而再想起好幾年沒去拜的那大眾廟，一開始她說她前幾年還想去，生前的爺爺卻有點遲疑說那廟破爛不堪到有點誇張但是卻又拗不過她也就讓她去了……一樣是走到廟的最底處從主神壇最裡頭怪神明再開始一個個陌生死者的破爛骨灰罈拜出來，拜完之後可以回到廟的前庭跪拜三次之後敲鐘……其實那天替爺爺奔喪完再繞去到那破爛不堪又不修的大眾廟前始終怪異地老在頭痛，雖然她知道那可能是被妖怪終於附身中邪的極凶兆？或是心事重重但內心也不知道到底是什麼的吉兆？或是更可能是另一種爺爺託夢般暗示她不應該擔心的終於變成妖怪反而應該開心的怪異餘緒……

D也因為那種種擔心跟她說起有一年流浪異國她曾經遇到過一個古怪的女名廚……也是近乎迷信的某個祕密宗教狂熱信徒的那女名廚在那一回她們祕教儀式盛宴最後酒酣耳熱地也重提起她的昔日教主爺爺和她的童年永遠印象好深的小時候的夢魘，荒謬但真實而且味道好腥風血雨地難聞……因為她老家就是那祕密教派總壇的老農場，從小就永遠無法揮去那種難聞的味道……因為她家裡小時候打開冰箱都是滿滿的……死動物的挖出器官血淋淋的長得好恐怖的血肉模糊不清的心臟肝臟大腸小腸甚至牛的四個胃，甚至常常還有一整包袋中滿滿的帶血的好多眼珠永遠都不知道是什麼鬼動物的瞳孔……因為她爺爺是屠夫常讓小時候膽小鬼的她老是嚇壞，但是那時候就是他教她如何從活動物肉身上找到她要的所有近乎不可能的……頂級料理的祕方是令人感動到完全無法想像……那是極殘酷但也極夢幻般的窩心又痛心的最著名廚藝王國神祕後宮。那女名廚對D說：我後來自己開店後教年輕廚師那種每天在自己家髒亂不堪農場養蜂的危險蜂巢中採的老蜜，從野蠻怪異牧場拿來的雞剛生下來的髒兮兮的蛋，就是和尋常超級市場買來的白白淨淨的蛋盒和蜜罐完完全全地不一樣。那蛋那蜜都還髒髒的溫溫的還像還活著那麼活生生地……女名廚老炫耀地說她從小餵豬的時候一邊拍牠屁股哄牠玩牠老像自己家裡最寵的寵物狗，但是在看牠認真地打滾玩泥巴時卻又矛盾地一邊在想著……牠的嘴邊肉應該會很好吃。

其實那個祕教狂熱信徒女名廚還曾經是得過大獎的明星廚師聞名於世主持過許多紐約東京巴黎種種的夢幻三星主廚餐廳，但是在最發光最紅的顛峰人生時光卻回到了那遠離城心的老故鄉……或許因為她父母是嬉皮的她小時候還跟他們去過胡士托找過夢，更或許女名廚回到了故鄉是為了完成一個所有廚師最具野心的夢，那就是完成祕密教派教主般屠夫爺爺留給她的死亡就是終極料理的夢幻體驗。打造自己的房子自己的農場自己的花園來重新打量自己的河和土地和天空……那都是她自己是嬉皮又更是祕密教派狂熱教徒式的古怪天堂，也太像名廚夢幻迷信的另一種打造完美死亡頂級料理的失樂園，全部近乎活體實驗的活菜活獸活食材物料都自己種自己養自己做……甚至誇張到連以各種奇特的酵母現身種種發酵揉出切割捏造的太出乎意料的怪異貓耳朵式的老麵包碎麵條麵塊麵皮的入口即化、完全新鮮果樹採下水果榨取完全沒添加物的鮮果醬一如天庭瓊汁，獨門到近乎祕方的鵝肝醬魚子醬生蠔醬羊腿小排醬種種活肉配方的生醬汁，味道好怪好玄到都是她自己特調的吃了甘心去死的終極祕方，甚至因為還有可以動用所有最頂級口感的活動物各體腔中的肩腹頸臀部位的帶血肉骨內臟油脂的令人滴淚……

永遠炫耀那太過生猛太過殘忍到令人感動的死亡況味的她甚至發明了最奇怪的一道名料理，好吃極了的諸種極嫩的現宰活獸嘴邊肉切生薄片圍出的圓盤正中心的空心冰雪蒼白瓷盤裡頭竟然還有著……各種好像仍然還活著的動物們的放大瞳孔那大大小小犢牛梅花鹿山豬綿羊種種血絲充滿弧度眼珠就在慘白色法器般骨瓷中都仍然好像還在汨汨淌血……因此吃到最感動口感入口即化的時候甚至還感覺到好像犧牲壯烈死去的牠們都還死瞪著她看！

她跟D說，她始終也不知為何多年來一入夢就始終重覆陷入不舒服地被死去動物死瞪著的她噩夢還有兩種：一種是一直夢到小時候住的孤山陣地爺爺老家出現的一些更恐怖的心事，讓她真不敢相信童年時在那裡遇過的埋死人和死動物屍橫遍野所引發的種種怪事那麼多，但是卻竟然在長大以後才發現當年多可怕但是她當時是多麼不可思議地習以為常；另一種就是更深入的內心自我譴責像是她其實已經盡其所能地不吃肉幾年但卻還是總夢見一堆慘死動物屍體在面前掙扎然後變成血淋淋的菜色，而她最後在某種老家族長輩聚會裡還是不得不吃肉還要假裝開心吃下去的苦惱……她其實不知道該怎麼說這種受到譴責一如她對於要命的未來完全沒救的恐懼，也許根本沒有搞懂自己在做什麼也沒有發現爺爺從小教她要變妖怪是因為想活命而自以為指向的趨吉避凶，但是也可能卻是引發另一種要命厄運的在劫難逃……

難以名狀的無法拯救的爺爺到底用他的死在教她什麼？從死人變妖怪

可以找出些什麼又歸納出些什麼的不死術……可以找出引申種種生與死的可怕故事那麼切題，或許爺爺也只是在盜取某一種關於死人變妖怪的鬼故事神通的高明見證……死，是如此不可告人地神祕，爺爺曾勸從小不怕死的她小心發現自己的太過天真其實已經觸及了某種涉入太深的命所必然引發的爭端或恐慌，以至於噩夢之後迴蕩在她心裡的是爺爺提過的他那命太薄的故交老人想不開的心事……

那個多年未見的故交老人被告知太過一生疲於奔命的他得了絕症，原本一生刻薄對人指頤氣使地狂妄說笑但是變得無限恐慌到要請爺爺想法子驅逐他的厄運。但是，一如過去看得太開的爺爺老嘆氣說，命這種東西，就算勉強救回來……沒死，也是折下輩子的陽壽。

一如爺爺安慰那故交老人自己老了也是厄運隨身……中年之後始終糾纏的膝窩劇痛太過悲慘，一如古代佛經著名典故中的人面瘡傳說果報冤孽，附身肉體的下身局部但卻是極迂迴著名的報應，就是在膝蓋，有一個過去的業，惡鬼和他結仇十世的怨念，但是那十世修行的僧侶太過虔誠太過正派無法報應，直到那一世受封國師那天只心生一絲私心傲念就再被纏上而長出一個惡瘡，瘡上有極傳神醜惡的鬼臉對瘡痛不卻生的國師威脅要求要吃活畜生的血肉……極恐怖又極靈驗的業障惡鬼對那高僧的果報極為痛苦到使完全無法動無法睡的他不知如何忍耐或面對，爺爺提起他數十年來雷同地深深陷入苦不堪言又不可告人那般揮之不去的膝蓋劇痛陰霾到內心老就是想……死。

她跟D說她始終會想起陪膝蓋太過疼痛的爺爺去看那以尖酸刻薄著名但是醫術極高的怪名醫那一回……那個坐旁邊也在等的神經兮兮歐巴桑一看到爺爺的膝蓋之後就露出一種怪異地同情和揶揄的淺笑，更後來也就更不在乎地說起上個月自己所出的事可比她爺爺嚴重太多了……

雷同某種厄運糾纏的那個半夜太悶熱到她翻滾鎮夜睡不著，後來勉勉強強起身想去沖涼洗澡但是卻一跨入斑駁門口潮溼地面就意外摔在浴室馬賽克浴缸旁，後來穿衣服穿到一半就穿不動……腳踵起來還滑了就撞上去從肩膀到胸口到膝蓋撞到破爛不堪馬賽克浴缸的邊緣，甚至就完全沒辦法動地躺在潮溼的地面感覺自己快潮解虛弱到始終喘不過氣來，那一瞬間的她心中已然完全冰涼到覺得自己這一劫逃不了地……沒命了。

後來深夜漫長彷彿永遠不會天亮的永夜中的她太過恐慌地整個人死命盯著天花板躺了好久……只用馬賽克浴缸旁破爛毛巾蓋住傷口想讓血可以停歇不流緩緩吸血之後就始終躺在那裡完全不敢再動。更後來過了不知多久的昏昏沉沉之後才勉強試試極緩慢地擡手腕……過了好一會兒竟然還可以淺淺滑移的後來才更緩慢地用手扶地試探，連最後好不容易支撐半身一如一團爛肉團般死命攀爬起來都還分好幾回邊休歇邊摸索才敢更小心翼翼移身地移動……更後來她終於拚了命地找了一把破舊拖把竹枝握柄全身搖搖欲墜地一拐一拐近乎隨時可能摔倒地拚死拚活走回自己的房間，在昏天暗地的悶熱到始終悶悶不樂的潮溼空氣中喘息還花了更多時間找老書桌死角舊抽屜裡翻了好久找尋那些多年前去拜拜時買的老中醫店的怪跌打損傷舊藥膏，最後過了更久才找到也才厚厚地抹滿半身那一種名叫「一條根」的早已過期的濃稠惡臭膏藥，然後又找到另一種也是「一條根」泛黃陳舊不堪的老藥布裹身，而且還故意不讓兒子媳婦知道假裝沉睡到了第二天下午才自己死命去醫院看醫生，慢慢走掛號等了好久照X光時那尖酸刻薄的骨科醫生只開骨科成藥給擔心得要命到始終哭哭啼啼的她吃，還冷言冷語地恭喜她：「骨頭跌斷了……但是還好，沒刺傷肺葉，肋骨沒斷，這樣就命大了……不會死！」

爺爺和神經兮兮歐巴桑在等的現場還有很多雷同擔心得要命的病人充斥……然而後來等候太久攀談起來的另一個老太婆安慰那哭哭啼啼的傷心歐巴桑說，她媳婦還很年輕也甚至長得很美，她的命沒有你大……也是上個月太熱的那幾天雷同地半夜起來沖涼洗澡也竟然就同樣歹命地失足在浴室一滑倒就撞頭到竟然當場斷氣就死了，第二天才被發現的那媳婦裸體的屍體還因為太悶熱太潮溼開始發臭……

歐巴桑也提起她那天甚至這幾個月不能碰水也全身發臭……後來愈來

愈無法忍耐自己的種種惡味異狀甚至偶而還會胸悶到喘不過氣人都氣餒到快受不了的時候仍然就會安慰自己命還在就還好……因為又開始絕望時她都先會回想起不免又重回那恐慌永夜現場……想起那天躺在浴室的磁磚地上的才那幾個小時卻彷彿沒完沒了永夜的黑暗潮溼之中，太過擔心的內心裡就會自嘲來好過一點……想起那破爛不堪馬賽克浴缸裂縫流出髒兮兮泛黃泛濫的水冷冰冰地從身旁流過，她那昏昏沉沉愈來愈模糊不清的瞳孔只能死盯著天花板上那蒼白到近乎死白的日光燈管……注視著那燈一直閃一直閃但是仍然有一隻不知從哪裡飛來的長得很噁心的怪物般的蛾，邪門地毛茸茸的那偌大蛾身始終就盤旋不去地纏飛在那死白燈光的微溫中……死命地一再一再撞去。

字母會

駱以軍

死亡

死亡

Mort

他寫下那個字的時候，聽到從極寂靜的空間傳出嘰歪一聲，微弱的，像整個大音樂廳上千人屏住呼吸的懸浮闃默，突然大提琴手拿琴弓在弦上磨擦了那一下，按住弦的共振，所以只有刮滑之聲，卻無音箱共鳴。

「……造字、鬼神哭。」

其實像是那枚字沉進一個灰白色泥漿的沼澤嗎或液態的小框格裡。他的師父告訴他，每一個字被寫出，就有一個具體而微，而我們不知在遙遠彼方的某宇宙，像奶昔被吸管從玻璃杯吸乾，那個宇宙所有的星辰、大地、森林、海洋、森林裡所有的禽鳥、海洋裡所有的魚類、陸地、城市、人群，圖書館裡的學者、正在交歡的年輕男女、正在霸凌同伴的小孩、正在素描一只裸女石膏像的一群學生、文明、歷史……全部被蒸發，消滅，像某種微粒或波通過蟲洞之傳輸，以颶風裹脅所有灰塵屑碎的恐怖形貌，或電擊灼燒旱地上的整片焦黑枯草。

嘎——嘎——

一個字寫下，就是一個無人知曉的，但其實太陽閃爆而後一片空曠的死亡。

他不理會那個，幻聽嗎，或眼皮跳閃的千分之一的內在蒙太奇，再寫第二個字。

一些哀求的、扭曲的、滑稽的臉，像擠在一架正墜落客機的一扇舷窗後面，五官因那貼扁在玻璃平面上而失去「這些臉後面連著一個頭顱一個腔體」的實感，他好像聽到他們的驚呼尖叫聲，還有嗶嗶嗶的警報訊號，但轟一下便從難以理解的另一角度消失。寫第三個字下去。

停止！停止！不要寫了！這是請求！也是命令！

這次不像幻聽，那嚴厲的聲音，就像有個老女人撐著雙臂在他桌前，那樣近距對他說話。

他擡起頭。什麼都沒有。

墊在筆電鍵盤上的小紙條，寫了三個字：「對不起。」

他想：一定有不一樣，不，許許多多，像小紙條那樣蜷縮成蠶蛹的軀體裡這些死忠士兵推著攻城車，在滾燙瀝青、箭簇、巨石塊、大鐵叉的淋襲下，前仆後繼攀爬如蟻，只為了撐住那指揮艙的大腦，觀看更多的流幻圖畫以進行換算。這不像那樣簡潔關機，或說將試卷翻過蓋在桌面，站起，推門離開這間教室，那麼微言大義。

那之後我啊……像失智症老人無聲乾嚎的嘴。被最愛的女人拋棄；跟一群前輩喝酒諂媚地笑；上過年輕的女孩並對她們說謊，就像我們年輕時我們的老師對我們的女孩做的一樣；曾在大庭廣眾被狠狠羞辱；也曾在另一個場合搞不清楚為何臺上所有人都站起身鼓掌；有段時光有個固定的妓女，我和她像老伴互相傾訴著各自受到的冤苦和委屈，讓她在包廂裡老妻安靜地服侍我，用小溼手巾擦淨，然後像交生活費給老妻，安靜地塞進她口袋。

對不起。對不起。對不起。

他的好友Ｋ君，對他說起鹿窟事件。當時各批臺共知識分子，變裝改名，也不知用什麼方式什麼複雜迂迴的暗號或轉兩手三手的祕密連繫方式，灰撲撲、匿蹤地潛逃躲進這偏僻荒瘠的山區。呂赫若，當時匿名，當地人稱他「王仔」。他死於真正鹿窟事件那場屠村之前兩年。死因是被毒蛇咬。啊？啥？是的，那年代臺灣各鄉村還有許多私宰豬，就是政府想像這座島嶼上所有的豬都在他們的控制之下，每隻屠宰場的豬隻都要蓋上紅色官印。但其實大批大批沒有印戳的豬們像無名的溪流嘩嘩在民間流動著。因此也有隱藏的宰殺、肢解、處理的技藝高手，身分模糊曖昧的存在在「私宰、私販售」這樣也許管區警察睜隻眼閉隻眼的村落裡。譬如這位回憶者，他是鹿窟唯一會殺豬並處理那其實蠻繁複的大體解剖程序之人。而他平日的身分，又是全鹿窟所有人疑難急症的赤腳醫生。他回憶說，當天下午四、五點，他已備好傢伙，準備那樣一場祭祀般肅殺、費力地宰殺（某一家偷養的豬隻）。有人來跟他說，山上有個叫王仔的人被毒蛇咬了，請先生去救。他煩躁地說，等我殺完豬再去。等到他處理完這些溫熱肉囊、骨骸和全身的血，已晚上九點多，他趕去那人家。他們說，王仔已經死了。

沒有人想到呂赫若是那麼冤枉、糊里糊塗死在那無人知曉的荒山小村裡。後來鹿窟事件，近乎被夷村，但被殺的有九成是根本不識字的，窮苦的村民。這裡有個重要人物，叫谷正文。他是白色恐怖時期，像獵犬般以奇妙第六感，搜尋、破獲、摧毀許多臺共藏匿根據地的狠角色。鹿窟事件最經典的畫面，是他先抓了幾個人，押著他們躲在一間可望見那山村每日所有人家必經小集市的農舍窗後，這樣像從麻雀中指出誰該死、誰不用。等那場大搜捕、關禁、槍殺過去許多年後，一種關於出賣、指認、告密的情感教育，便像沉默的種子，埋進這原本無知識、最貧瘠山村的倖存者或後代的集體戰慄最內裡。重點是這個谷正文，他在大陸時期，是曾去過延安的中國共產黨重要領導，見過毛澤東、周恩來這些人的。他是在某次清剿行動，被國民黨逮捕、策反，而後倒過來成為最瞭解共產黨地下組織逃避軍警追捕、聯繫並下達上級命令的網絡的，特務中的特務。白色恐怖時期，許多被盯上、鎖定、最終就逮的臺共菁英，完全不能理解，那恐怖如鬼神的對手，是怎麼（不可能啊）破解他們層層加密的匿蹤路徑？

K君說，谷正文後來一路當到軍情局主任，以少將官階退役。他的回憶錄提及當年破獲臺共最高額導人蔡孝乾，不無一種獵犬玩死狐狸的自得。他提到，蔡這人有一弱點，就是富家子弟的舌頭，當時全臺灣可能只有波麗露西餐廳可以吃到所謂「歐洲風的牛排」，這個蔡每兩三天一定要去波麗露吃一客牛排。這太容易守株待兔一舉成擒了。他們逮了蔡，不用太高的惡魔誘惑籌碼（保證在牢獄裡可以常吃到波麗露牛排，以及將和他有曖昧風流的小姨子送進監所陪伴），就讓他供出全部他手下的臺共組織人員名單。整串螃蟹一網兜全從他們以為隱密的河灘、洞穴、根系之縫，全拔起來。而且絕大部分槍殺。

只有蔡，活得好好的，到一九八二年才終老而死。這當然難以言喻混雜了對文明（現代）的浪漫嚮往；軟弱；變態；人心永遠被一道厚重的鐵門關進那永遠無法救贖寬宥的不見光所在；還有一種臺灣知識菁英的傻氣，根本沒見識過的「特務機構的國家級意志」，他們太不知自己和這個已經歷過現代規格化的冷酷異境的諜報組織作對，下場不是他們迷迷糊糊青春如白日烈火那樣想像的「死」，犧牲；而是「不成活」。

現在我已寫下七千五百三十八個字了。灼痛感、崩塌感、尖叫聲皆不復存在，剩下一種平靜的緩流波光。

老頭找我去喝酒。老地方，九點。他說。九點我不行，家裡還有點事。我十點到。我說。好吧，盡量早，我也不能混太晚。他說。掛了電話，我把我那小公寓的地板全拖了一遍、魚缸的魚餵了，我還去後陽臺把洗衣機裡那鍋溼淋淋的衣物全晾了，都不是要緊事，但我就是把時間拖到快十點了才出門，只為了想讓自己在要赴那酒約之前，保持一種純然的身心平靜。這已變成每次老頭找我出去喝啤酒之前，我給自己的一個祕密儀式。好像因為之後你就要像潛水夫捏著鼻子，將一大杯一大杯浮著雪花泡沫的淡金色冰液體倒進自己喉嚨，就要咕咕呱呱的顫笑，於是突然對憑空冒出的這一小時「安靜的自己」，特別珍惜。這樣說很像那些酒店上班女郎每天傍晚出門前的心境，但我並不是那樣。老頭找我喝酒的那些夜晚，同桌都是一些老男人，他們大抵是這社會最聰明最有學問的人，如果要我刻意描述那些酒精從刺辣臉孔揮發的夜晚，流動在這些人張闔之嘴間的空氣，我想那是一種男子漢的印象，一種老男人的憂鬱、憤世、但又拚命說聰明笑話的印象，我的意思是，每個時代應都有這樣一群極端聰明的老男人，在不同的夜晚，有這樣的酒聚。他們的臉孔線條依不同特色而深削，感覺比任何雕塑或浮凸之物更吸去光源，而使他們的眼洞和鼻梁之間總有一種鐘乳石岩穴的暗影縱深。我想任何一個平庸之人在一生某個夜晚，闖進他們的酒桌，會以為是闖進一個煙花之夢，或一群仙人下凡。他們啟動、換手、交替的笑話琳瑯滿目，讓你眼花撩亂。他們當然都是權力者或曾在高位的漂亮人物，時而突然拉下臉讓你驚慌，旋又嘿嘿嘻笑。但這一個又一個夜晚，和他們酒醒後各自白天的那些大人物決策所轉動的世界，一點關係都沒有。也就是說，這些夜晚，終只是一些麒麟或饕餮或貔貅的夢，在黯影的內層五彩斑爛漲起，然後塌癟，沒有任何人能記錄下來，因為它們就跟沒發生過一樣。

但如果你只是一個平凡人，或像科幻電影那被外星人擄去的人類，許多個夜晚。你要被推去坐在那馬雅貴族或埃及王室火炬熠熠的密室豪酋之宴，看著他們從後頸或鼻孔伸出海葵般淡金色的千百條觸鬚，款款擺動交換著巨量資訊，或是在歐本海默的原子彈祕密研究室，或哥本哈根的量子物理學，那些非地球人的爭吵、笑、恐嚇、和解之迴圈裡，眼眶還被一螺絲可旋緊調鬆金屬箍圈撐開，不准你闔上眼皮……，我想你也會跟我一樣有一聽到要喝酒，就眼花、喉乾、腦殼中像用湯勺來回刮磨的鈍疼，腎上腺素和甲狀腺素皆像全球暖化的北極浮冰融化，哦不，分泌異常，大腸絞痛發出海豚鳴咽、睪丸縮起、手指腳趾像被電擊夾子伺候過……種種精神焦慮的症狀。

那天晚上，老頭的客人是個對岸來的大人物。我當然在每回走進那舊公寓櫛比鱗次暗影巷底，豁然一片許多大傘棚下桌位廣場的露天啤酒吧之前，不會知道這次將遭遇喝酒的來人是誰。但我遠遠看到坐老頭對面的那張臉——眉骨和眼袋下側的凹鑿，恰像臉的中央一個打叉的「×」——我便不自覺地變成了羅圈腿，「噯喲喲，這是嚇死人祖墳冒煙了才見到的貴客哪！」其實這話是他說的，而不是我說的。我只有兩腿立正、雙手併貼大腿，像一隻獒犬接受遠來的高層校閱，兩眼直視半空的老實樣。大人物抓起我的手，真誠緊實握著，「這孩子怎麼變這麼老實巴交的樣子？上回咱們在北京喝酒，那個狂勁哪兒去啦？克隆（老頭的名字），是不是你們在這兒欺負我這小兄弟啦，來，真他媽受了啥委屈跟哥說，我可不依啊。」

唯一的好消息是：我發現座中幾人，全喝醉了。個個眼歪嘴斜。老頭有一瞬似乎也被這大人物對我的厚愛驚嚇了，他咕噥說：「我們誰敢欺負他啦？」但大夥落座後，他那醉了後瞇得更細的眼睛下，我知道他在進行快速的資訊判讀。臉色青一陣紫一陣。這小子……什麼時候有這樣的人際關係了？還是這老狐狸在玩一手連環棋。

我心裡想：沒啥好判讀的。就是認錯人了。這大人物不可能記得我這無名小卒的。之前也不少人說過，我和對岸那個胖子藝術家、那個被Time雜誌當封面人物，搞個什麼一千個中國人搭飛機去歐洲做為展覽本身，或展場放上一千個中國小學生書包，老跟中央叫板，但老爸又是黨國精神象徵的大名字，最後他們只能軟禁他，或用逃漏稅名義拘捕他的那個禍頭子……長得就像一個模板打印鑄出來一樣啊。肯定是仗著酒量海深，一下機就和各高層人物喝，這邊也是光景愈衰頹愈要撐場面，之前去你們那兒喝的頂級茅臺郎酒五糧液，這不單打雙打炮擊回去也要四十年陳高酒櫥老祖宗忍痛當白水一瓶瓶開啊。到了此夜終於兩眼矇矓，心頭大驚，誤當在敵營和那國內怎麼也坐不到一塊的大反動，這樣胳膊摟肩大腿碰大腿把盞交杯啦。

認錯了人，最尷尬的就是，被認錯的那個，心裡像沙漏倒數著，99、98、97、96……，再多少秒，對方就發現之前的那虛張聲勢，用錯了人，再看對方怎麼虛空搭橋建棧，找臺階一級級下來。這過程真是如坐針氈哪。

這時我的耳朵很奇幻地脫離了近距身邊這些傢伙醉話連篇的交疊之陣，被隔壁桌一對男女的對話吸引，那女孩的臉畫著濃妝，在這夜色露天酒吧的暗影中顯得豔麗，但她削著極短的短髮，穿著螢光黃T恤跟一條滿是破洞爛布絮的牛仔褲，感覺有點T的男孩氣，而她對面的男子，完全像盧廣仲一個模樣，深度近視的厚鏡片、小眼鏡，怯懦或犯錯抱歉的臉。那女孩的聲音，或說音頻吧，並不尖銳，事實上還可以說有點性感，慵散，甜甜軟軟的，如果你是在廣播聽到女DJ是這樣的聲音，很容易卸除防衛以為你和她很熟，可以交心說私密的事。

但我的聽覺就像有個玻璃纖維喇叭罩，某種靈敏收音的高科技絨毛柱頭，裝在我的左耳，無比清晰地聽見他說的每一個字，每一個音節，每一個停頓……。我轉頭看了一眼身邊的老頭，那個大人物，和他們帶來的隨從們，他們仍漲紅著臉像小學生拿吸管吹泡泡，一臉傻氣、笑著，嘴張闔著。但他們像和我隔著一塊厚玻璃，倒酒，舉杯，吸菸，吐菸，頭部和肩膀像懸繩斷掉的木偶，嘩嘩亂抖著。但他們的聲音都被消去了。

女孩說：我今天衰到了。

盧廣仲男孩說：為什麼？

女孩說：這裡我又不熟，我的衛星導航叫我左轉，我一轉進去，幹，是單行道，一個條子像蜘蛛等在那兒，就要開我單。問題是我沒駕照……

盧廣仲男孩尖聲說：妳沒駕照。（好像這事像原來她是變性人一樣嚴重。）

女孩說：去年被吊銷了，後來我求那警察。他人算還蠻好。說給我開一張逆向行車，那是他的業績沒辦法。但是他教我，等罰單送到監理處，那邊電腦發現我沒駕照，我可以提出訴請，說我沒收到監理處寄來的吊銷駕照通知。因為每個人都有一次「不知道」的權利，可以要求監理處再寄一次。那第一次的通知就當郵件寄丟、或信箱被人翻什麼的，就不算數。要第二次這張吊銷通知才算。這是那條子教我的，他們知道這些眉眉角角。

盧廣仲男孩讚嘆地說：每個人都有一次「不知道」的權利啊……

然後他倆將各自那大杯啤酒咕嚕咕嚕喝光像在慶祝她的駕照被吊銷事件有此峰迴路轉（這蠻怪的，但我的聽覺清晰無比，我還詫異地轉頭看了他們那桌一眼，比對了我腦中那清晰的收音，和確定他們在視覺中也做出將空杯放在桌上的動作）。

女孩接著說：昨天我跟他大吵，我說我受夠了。他就安撫我說要我放輕鬆，不要那麼大壓力。我沒嗆他，這三年我的壓力百分之九十就是來自他。他就說寶貝我想清楚了，我有盤算。我差點沒跳起來，盤算？你為什麼不能走出去找個工作。每次他有什麼打算要做什麼聰明的小生意，我就快瘋了，至少一百種不同的點子，全是我在張羅、窮忙，然後他像吐一口鴉片煙一樣什麼都沒發生過。我說我去年送你一臺電腦，不然你也去學學電腦啊，一年了，你打開那臺電腦幾次？他說沒人教他。喔拜託電腦這種東西，你帶著他到隨便一家咖啡屋，每個陌生人都會教你吧。

後來他生氣了。其實這三年的劇本全一模一樣，他會先道歉，道歉也只是怕氣氛不好，不是想改變。說不下去了，就要我滾。說這公寓當初的契約和押金都是他的名字，他的錢。

我就吼他，你是男人嗎？這兩年多來哪個月的租金不是我出的？這種時候，要滾，要摔門離開的不都該是男的嗎？他居然是要我滾。

女孩清脆地說了一聲：「娘炮。」

但那像催眠師解除指令彈了一下手指那個清晰妖幻，超現實地隔距聽覺消失了。像搭飛機下降時的耳鳴終於消失一樣。啵一下，他們的對話我全部聽不到了。我圍坐其間，那一只只鐘乳岩般空啤酒瓶或半空啤酒瓶，以及一股渾濁啤酒嗝加啤酒屁的空氣，以及這些物傷其類老人被酒精弄緩了大腦引擎和舌頭轉速的，像吸鼻涕或老太太念佛經的聲音，整個又像琥珀包覆昆蟲，將我包住。

大人物又拍拍我的大腿。

「兄弟，最近又在創造你那些個倉頡造字裝神弄鬼的玩意啦？」

我自棄地說：「我還能幹啥？不就寫寫我那些破小說……」

老頭一旁（眼睛瞇得不能再小了）：「他那些玩意兒，每個字你盯著看，都認識，但奇怪被他組在一塊擠成一堆，你再看，欸？全部看不懂了。這你不能不說是種本事。」

大人物突然把酒杯重重按在桌上、頭低垂著像在沉思什麼，這樣手仍握著空杯停止了三十秒吧，黑影中且像鼻塞之人發出「嗯，嗯」的短音，所有人因此也不敢湊興聒噪，靜靜等著他要說個什麼（也許他心裡只是試試自己可否再把化學元素週期表背一遍？）。然後大人物另一手拿酒瓶自己將那玻璃杯斟滿，一飲而盡。

他說：「看樣子你真的不記得咱們上回在北京喝得大醉那一次了。那時旁邊太多人了。前些日子，我在網路上看到一篇帖子。講《西遊記》真假孫悟空那一回，不是憑空跑出來個跟孫悟空一模一樣的假悟空嗎？兩個大聖扭打在一塊，功夫不分軒輊，表情動作那猴模樣完全相同，連觀音菩薩法眼也看不出真偽；唐僧緊箍咒也咒不出哪個是假貨；一路打上天，二郎神拿出照妖鏡裡頭是兩孫猴子；打入地府，諦聽觀之，說『不敢說』。後來是如來出現，說出六耳獼猴的來歷。才讓假悟空心慌現出原形，被真悟空一棒打殺了。我小時候讀《西遊記》，讀到這一段，心裡總說不出的不舒服，胸口空空慌慌的，覺得這比所有那些一路西行山洞裡的妖怪都來得恐怖。

老頭說：「被您這麼一說，確實是，我小時候也是讀到這，心裡就特別不舒服，想真悟空吧，一路幹了那麼多壞事，大鬧天宮、毀了老君的爐、搞砸了玉皇他大老婆的蟠桃宴、搶了龍王的鎮海寶貝、羞辱了幾大軍團的天兵天將，這如來也就只將他蓋在五指山下，等著五百年後陪唐僧取經將功贖罪。而那六耳，不過就是鬧了這一場真假難辨，仿冒個悟空讓人看不出破綻，這怎麼就一棒打成肉醬呢？」

大人物說：「克隆啊，所以咱們倆真是注定要當兄弟，」（他倆對乾一杯），「你說的，正是我讀到網路那帖子開的頭。然後他做了個結論：如來在這一章，打死的，不是假孫悟空，是真孫悟空。他分析了所有如來的心態、權衡、利益；如果圍觀在那的諸天菩薩、大羅神仙，包括悟空一路最親近的師父、八戒、悟淨，就只有如來一人的眼睛能看出真偽。你說，他要滅殺的，是真悟空，還是假悟空？」

「那，你的意思是，這《西遊記》的整個後半本，跟《紅樓夢》一樣，是假的。之後跟著唐僧一路繼續西行，打殺妖魔，完成取經功業的，不是悟空，是那隻六耳。」

「著啊。」這篇網路文章提出證據：在真假孫悟空這一回之前的孫悟空，脾氣暴躁頑劣，時不時跟他師父擡槓翻臉。奇怪的是，就在這六耳獼猴出現，威脅了悟空的絕對存有，之後又被滅殺，那以後的章節，咱們的孫悟空，變得對唐僧乖馴伏貼，完美的大徒弟。你們說，這像不像iphone先出了個產品，功能強大，但還是有致命缺陷，不得不讓它先上市、上路。後來的研發團隊再加緊趕工，終於弄出個『悟空2.0版』，如來的那一手，只是主機在整個清理硬碟，洗掉之前的檔案，重新灌一個對『西天取經』比較稱手，不那麼嘰嘰歪歪的程式？」

大家靜默著，互相又敬了一輪。其實可能全都腦子浸在高濃度酒精裡，沒人真的在聽這頭兒說的這番陰鬱的演說。我注意到，隔壁那桌短髮麗人和她的盧廣仲男伴，不知何時已走了，剩下一桌杯盤狼籍。

大人物說：「這也是我們這個文明，才可能長出的心靈，那個貼牆而聽的，一個最細緻的哪裡不對勁，他可以把你整個翻案，假的全變成真的，真的全變假的解讀法吧?」

「重點是,這文章寫的,如來說出這六耳獼猴的來歷、本事,是『知過去未來』。那不正是如來的本領嗎?所以這個憑空冒出的『悟空二代版』,不正是如來把牠的程式,灌進這只讓真的孫悟空暴怒、無計可施,非殲滅不足以解恨的猴形傀偶嗎?且如果牠可知過去未來,如何不能預測牠和真悟空這樣扭打到如來跟前,下場是如小說寫的,被如來照出原形,而被真悟空棒殺?所以這篇文章屌正屌在這裡,那正是我們活在其中的『這個現在』,該被消磁的、殺光程式的、清空記憶體的,所謂孫悟空啊,武松啊,楊貴妃啊,趙子龍啊,都是如祂喬過整理過換掉過祂允許在這個界面、戲臺金光閃閃翻滾跑跳的。」

大人物這時直直望著我,兩眼露出像從無數幢影、夢境、黑色的群山,無星之夜的沼澤、被遺忘了他們名字的墳頭、起伏而難以言喻其疲憊的地表穿梭而來的精光。他說:「現在你想起來了吧?別再跟我懵懵懂懂裝瘋賣傻了。你答應要寫給我的那些東西呢？」

字母會 M 死亡

童偉格

死亡

Mort

外婆定居在他固定回診的醫院，是去年冬天開始的事。自那時起，每週五去見醫師前，他先去看外婆。安寧之家在院區邊陲，從後巷便門走入，會先經過醫療廢棄物焚化廠，看透焚煙，就能望見外婆病房的窗。整幢安寧之家，像塊草莓蛋糕，走在裡頭，放眼一切皆粉色，像空調也飽含糖霜，一派無傷無痛的氣候。他有時想，會否外婆突然醒來，一時誤會陰間就是這樣的光度。

但當然，外婆是極不可能再醒過來了：早在三年前，她就完全喪失行動與語言能力，無時無刻不像個嬰兒，而後，理論上僅可能是持續退化，直至無知無覺地死去。就像人們不確知嬰兒做的夢，究竟都怎麼回事，在那三年裡，外婆大概也常做著無從表述的夢。夢境大概也有好有壞，而她大概也因此，總有些極想言表的感觸，因此臉上，脖子上總布滿自己抓痕；也常自己翻下床，端躺地面老半天。

到了翻不了身，也抓不動自己時，外婆就定居此地了。他站外婆床邊，彎腰，貼眼看她的臉，像識讀無字碑。也像多年前，他去圖書館，將故鄉舊聞微縮膠卷，全就著光箱睜眼閱畢了，最後，卻只留下一種日曝過度的視覺印象：災難疊沓災難，滅絕吞併滅絕，直到光度別無目的地燦亮。

識讀完外婆，他就嘗試再和蘇菲聊兩句。蘇菲是隨外婆過來的看護，來自柬埔寨。蘇菲話少，不盡然是因中文不流利的緣故。蘇菲年紀四十多，有三個女兒，最大的懷孕了，最小的還在讀書。蘇菲離婚了，因老公好窮，她不要了。蘇菲希望外婆活久一點，因她喜歡這工作，很安靜。他拼湊推敲蘇菲的精實句構，試想她這些年生活：遠離她提過的所有熟人，初始待在一個人跡罕至的鄉間，後來擠進蛋糕體，日日照看一名對她絕無回應的病人。蘇菲說喜歡的安靜，他猜想，是銀河等級的安靜。

有時他不免也妄想，會否，這裡頭存在著什麼關於外婆的意志，因實情是，童年不論，這段探視期，是他這輩子最頻繁見到外婆的一段時日了。或者，若無這段探視期，屬於他的實情該是：即便他來得及，在自己童年時記憶至親，之後，他必然也會在恍惚青年期裡淡忘他們。時間總在前行，一季接續一季。而總像在換季時，從外套破口袋，意外挖出一枚掉進襯裡的硬幣，他總是這樣，領知他們的死訊。但現在，外婆帶領一個冬天抵達了。

一週接一週，他也嘗試向外婆匯報新聞。是這樣的外婆，開春以來仍然酷寒，甚至冷過冬天，有一天，在那山頭之上更高處，每顆雨滴都被凍成冰珠，空投在無人山區。在家屋，從臥房窗戶，有生以來第一回，外婆妳會看見淚痕般冰川，垂掛半空中。

再過一個月（但此事和前事沒有關聯），那艘貨輪就在近海擱淺，破損，滲漏了一艙燃油。以它為準，死亡汩汩湧散。魚死了，蟹死了，連隨處漫生的石花菜，也通海岸線全死絕了。整個過程堪稱磨折，但其實，若有人痛快些，生火煮熟整片海，大概也就這結果。寂靜春天，雨如冷光，彈過山頭，越過公路，漂洗最近一次覆滅。每顆雨珠，都像散碎自太陽。

直到今天，這個週五，他感覺太陽仍在緩慢碎裂。散席午後，濱海半道，熟識海岬誰都不在了。他蹲踞岸邊，看近處海面，那艘貨輪仍在原位，依舊攔腰折斷，兩頭歪斜。愈久看，愈覺得那像是自他童年起，就屏立在彼的碎牆跡；或者，其實是那些遍海灑散之碎礁岩的長長久久，卻始終怪異的一部分。

對他而言。

以他為準，童年時他總是蹲著，那大概是種中介姿態，預備隨時躍起或坐倒。他下不了決心。他或蹲沙地看蟲蟻，或在海邊數礁岩，或就蹲在外公家水塘邊，日久天長，等待裡頭蝌蚪，在他的鏡像裡生出腳來。或者，當他蹲門口庭埕，看邊上竹圍一路晃動，一路旋飛金龜與粉蝶，他就知道，是外公要下來了。

外公家住溪谷底。垂直溪流，那裡的土地，如階梯般漸次上擡。外公自建的家屋，在其中一階；他認領的畸零地在另一階，比家高出半屋。在那角崎零地上，外公闢了菜畦，瓜棚與水塘。

從竹圍缺口，他看外公跳下來，跳進一切的翳影裡。外公站直，比剛落地時，好像也沒長高多少。外公邁開厚大赤腳，從庭埕一路拓開爛泥印，啪噠啪噠，直直踩進家屋，到幽暗屋內洗手腳。那動感會使人覺得，家屋只是個概念，或僅是外公生活裡，一條更順當的通道。外公走過很久，翳影中還沉浮泥土的氣息。

他一直很想擁有的，就是一雙像外公那樣的腳。有時，他也錯覺自己曾蹲水塘邊，看見躺倒外公的腳底板；像他曾更專注望見重層水影，目睹將更簡慢到來的什麼。像他曾模擬外公歪倒視線，看外公最後所見：竹圍縫隙裡，那間從來只像概念的家屋。那時，他總算明白，正是外公的停靈，才讓家屋一窗一牆兌現成實；那其實，非常像他們那代人建屋的目的。

但外公最後並不看見，因見證總是最奢侈的一件事，對將死之人而言。那命定一刻，外公眼中光熱全奔湧向腦海，釋散餘氧，企圖憑此圈養他，像維護在他頭上旋飛的生態系。外公雙眼首先熄滅了。接著，某種膜衣包覆外公全身，他什麼都觸不實了。外公最後只還能聽見，一點遠遠近近的闃靜。

一些極其低限的聲息，像外公躲進自己最後聽聞的空無裡了。外公是極簡主義大師：即便是在人人普遍貧窮的地頭，他都還能以儉省聞名，從來，連白開水都少喝。大師離世後就在場了，攢下的積蓄，足夠讓外婆繼續生活十年，召蘇菲從遠方來，定居安寧之家。足夠令他們那些同樣不寬裕的子嗣，維持起碼像樣的情誼。而外婆也就剛好，這麼多活了整十年。他們可能是他見過，最有默契的一對夫妻。雖然印象中，他沒見過他們，溝通任何有意義的話題。

記得最早，是從他離鄉讀高中起，外婆就漸漸認不得他了。只是出於習慣，總跟母親問起，問他返鄉了沒。直到後來，當他就站在母親身邊，外婆也還是這麼問。他帶給外婆的只是困惑。在那家屋，他，這個陌生人，藏在外婆身後，隨她看向門外。他的感覺冷一些，卻不必然比熱的清晰，也不盡然就是錯覺。像確實正有什麼，在闃靜裡步行。

在外婆身後，母親告知他，說去給外公撿骨，才發覺墓被盜了。那人摸到棺材腰，鑿洞，探進手，拔了外公戒指。簡單手藝，所得也簡單：極簡大師隨身餘物，一生結餘舍利子，也僅那戒指一枚。接著，就不是手藝問題了：那人沒把洞補實，時日過去，土水全倒灌入棺了。母親描述，起棺時，外公散浸一地，看來挺自然，挺像冬景一部分。看著，她只覺得大家全都拮据得好省心。

這樣直到今日，他停妥機車，看母親重新丈量與外婆距離，再走十數步，站定，預備著。母親要他去前方棚內，找出特定某頂白布綴苧頭套給她。母親得披頭蓋臉，一路匍匐，啼哭向家屋。他棚裡棚外，問遍近遠諸親鄰，就是找不著母親形容的頭套。

再一回身，他望見母親已經一頭亂髮，哭喊著爬過來了。

記得最遲，應是在大學畢業，等候新事到來的夏天，他用打工積蓄買了架相機。最初階數位相機，手掌大小一方黑盒。清早，他背乾糧水壺，從自己寄居數年的房間出發，迂迴繞向遠處。所有街巷他都熟悉，他緩慢取影，延遲某種意義的道別。但一切還是迅捷，當四周風起，他猛然察覺，竟已是黃昏了。他轉頭四望，見所有皆在漂遠。他低頭，第一次確切意識到牠。

而有鑑於好多人，都將此事比喻成「戰爭」，他猜想，那必定就是事態未來發展。他好像該慶幸自己，目前，尚處於某種極度安靜的練習裡。就像「萬安演習」：某時某刻，一條長街突然全都沒人了，他在某處，數算紅綠燈秒數，看它們浪潮般，沿馬路，從遠至近翻過燈色。整座城市微風習習，注釋著不能形容的靜默。

主要因為，這東西沒有形狀，一聲不響，比較像周遭空氣，或隨身陰影。而他只是開始學習著，從某處觀察牠，繞著牠，搭建一座文明的迷宮裝載牠。

迷宮僅是比喻，並不實存。只因他猜想，文明世界，萬事萬物都得有個名字：象形，會意，或其他法則，文明人知道怎麼聲稱，所有他們不盡然理解的。所以他說那是「迷宮」，而牠是他的「彌諾陶洛斯」。

從前，在他的蠻荒年代，當牠無形在場，他知道牠在。就像凌晨，他驟然睡醒，心底無夢，也還來不及聯繫記憶，檢索現世，他知道，牠已經就在了。牠包圍，或蹲踞左近挨擠他。牠有體溫，雖然僅是源自他的吸息。牠比語言快，又比語言確切。所以說，牠像空氣或影子。

現在，既然牠有了名字，有了一顆可以想見的牛頭，與長久不照光的蒼白人身，那麼他猜想，囚禁牠的迷宮，終有一天也將不是比喻了。從這起點，他但望文明長久承平，足夠他有時間，將迷宮擴建成對他而言，世界的擬像。

起點：第一個週五有雨。雨或急或緩，整天不停，下得極有耐心，耐心得無足輕重。他沒想到，會有這麼多人前來就醫。不知是因為雨，或即便是雨。他終於進了診間，大概也就待了一刻鐘，其中五分鐘，是自己默默在填一張量表。大概他已答覆充分了，醫師看看量表，沒再多問，說會開藥給他。剛出廠新藥，讓他試試。

藥分兩種：一種若感到焦慮，隨時可吃；一種固定睡前吃，助眠。護理師湊近，親切囑咐他說，等下領到藥，就可先吃一顆了。他猜想，指的應是第一種，嘗試微笑回應，不幸用力過度。奇妙的是，走出診間，他突然好想立馬掛在走道牆上，沉沉睡上一覺。那凶猛睡意，令他無比感動。

櫃檯領到藥包，他取嶄新藥丸一顆，放手心掂量，看它慢慢變形。他看自己溼糊的手，感覺像領取了門鑰。他細讀那寬大藥包，上面印滿絕無情緒的描述，像看著非常遙遠的回音。他猜想對他而言，這是好的：一個人不必說出關於自己夢魘愛憎，就被應許，可能不動聲色地好轉。

如今日，這個週五。正午，燒完最後一刀紙錢，他幾乎確定，這應是最後一回，他來此葬地了。他亦感覺像有一輩子不曾回訪了，都不知道，葬地已綿延到直貼旁邊中學。事實上，外婆很像是被埋在學校牆根底。午休時分，四樓高校舍，窗洞欄杆上，一動不動，張掛高低制服人形，俯瞰葬地風火。他像看著某種邊界巡邏站。他們各自的情感教育。

禮畢，當他們除喪服，一一彎出葬地時，雨突然轉疾了。他看母親，她正捉摸腳下亂徑，毫不躲避，神情格外專注。在心底，他靜悄取影，猜想母親會否也正不動聲色地念想：雨轉疾了，像自此刻起，外婆才終於安歇，再不關照了。會要多久，要多少往者未歷的時光，冷雨才會浸穿，到外婆全身，一如就她所知的，一切故去之人。

一個人故去了，法院傳來公告，說他留下土地業經微分再微分，其中一小塊，轉為母親所有。母親很費神，才想全那舊地故人與自己，在族譜中相對位置。母親想像那塊故土大小，覺得像盆栽，也許能種一朵花。

說來，母親總是那位負責轉知死訊給他的人。散席午後，濱海半道，是這樣的他說，母親妳，不免亦是位無父無母之人了。聽說，失去父母與喪子，是兩種無可類同的哀慟：前者留下的刻痕，只要生命寬許，只要自己年紀躍過父母靜停歲數，人們終可能克服；但後者，代表餘生裡，只會愈其偏遠的隔閡。

他記存此事，看遍海寂滅，也像看那屬於她的族系，從那舊地翻山而來，各自尋覓活路，或半道消亡。他想像彌諾陶洛斯此刻醒來，發現自己在小學裡，發現時間很慢。無所謂。雲很高，太陽極害羞，將自己散成雲的芒邊。今天，牠想尋覓一條獨行路。在只有牠的小學裡，當放學鐘聲餘響，牠迫不及待，翻牆躍出，滾下那貼沿河谷的山徑，連書包都忘了拿。

那是條崎嶇路，春雨漫漶時浮沉，夏日炎炎時翻漲。在更多節候疊沓的無名日子裡，它前引目光，穿透無有定向的靜寂，知會彌諾陶洛斯，以無可藏隱的祕聞。因寶藏始終就在那。牠看溪谷裡幢幢怪石，像世上最後一頭雷龍，剛在左近垂頸飲水，遠去足音，那般孤單且龐然。一列橋柱，紛亂散倒河面，像那群翻山族裔，已然飛河橫渡，於是義無反顧，任令來路坍塌。更多遺址遍路寄存：家屋，門牆，或浸漬燼痕的爐心。就像果真，曾有段極端酷寒的冰河期，彼時，洋面遠撤向世上最末的餘溫；在陸上，走了最遠的那批人，來到此地，放下行囊，立屋，舉火，日夜瑟縮禱告，祈望大海再返，顧念他們，不要吝於從心底，吐還予他們一點暖意。

像那願力終於見效，有一天，海洋如數萬年前那般回返，一波波潮流轟山破土，挾帶無數蜉蝣，游魚與飛鳥。曾經最善遷徙的那批人，被海包圍成島民，舉家上行，和擱淺山巔的深海游魚，各自漫長改造自己，適應重力，適應氣溫，適應晶瑩澹然的山雨。

然而，彌諾陶洛斯明白，所有彷彿漫漫浸染的承平，永遠，僅是動盪間的短息：很快，追獵他們的人就抵達了。那些從陸地深處，亦被他人一路擊趕的族群，在溫暖海濱，實驗出世上最初的航海術，他們跨海而來，立誓要在異鄉，攻占一個立足之地。向東，是世上最恆久的深海，敗退者無選擇，只能跳島而去。他們灑散群島，各自暫得所終；最背運且勞碌的，在漫長旅程中，受行星轉跡驅使，慣性偏航，直到偏過一切大陸，回抵亙古的非洲，那據說是一切人的起點。但牠知道，這樣的事，在這世上毫不新鮮：世上所有起點，也就是所有終點；就像所有終點，也就是起點。

獨自走在一條遺棄寶藏的山徑，這事牠早就知悉了。奇妙的只是，當彌諾陶洛斯滿口袋寶石，一身野草慢慢晃悠回家，牠看見自己書包，已經被帶回了。時間過去這樣多，而牠還是個小學生，被祝福，免於闕漏的恐懼。彌諾陶洛斯回家睡覺，等會還會醒來，發現自己還在小學裡。

這個迷宮，他收在口袋裡，感覺它正汩汩滲水。今日亦是週五，他打電話給母親，說他抵達了，謊稱是另一個地方。他知道自己遲到了。無所謂。他走進安寧之家，一如去冬以來的探視。

跟外婆匯報完新聞，他轉頭跟蘇菲說，剛剛，他看見蘇菲妳自站輓聯與輓聯間，像他只在書裡讀過的那些倖存柬埔寨人。很澹然很家常，如鸛鳥佇立樹影，火光，或更多橫倒暗影中。也讓一切棲止在光年尺度裡，形同未曾移動過。

他有一則關於蘇菲的預言：過幾日，天將放晴，自那家屋，她將搭計程車直赴機場。這位母親將飛行，落地，在故土等候著，要成為全柬埔寨人裡，最新的那位外婆。

他希望自己擁有更其創世等級的話語，如在這病房裡，蘇菲說過的一切短句。如蘇菲曾透過母親轉知予他：最後最後，在天將亮時，就在他眼前此處，外婆不停流淚，像有知有覺，直到生命不再識讀她。那之於他，像她從未見歷的冰川，在她眼底消融；也像她和她的來向，皆在這過於安靜的去處裡消融了。如他此刻所見：眼前，一個認識的人也沒有了。

他走出外婆病房，想像焚煙在窗外散逸，還將更長久地散逸。良久良久，他掛在安寧之家走道上，等候空調風乾粉紅色的自己，像等候去冬過境，或等候從那第一個週五，直到這週五之雨的過境。他知道其實無妨：在那另一棟樓，那處診間內外，見到他的人，並不介意他渾身溼透；尤其醫師，舉目所及，他最無暇在意這種事。

但他以為，身為一朵想像之花的後裔，一頭揚長求生的怪物，這是眼前，他最該專注對待的一件事。

字母會

黃崇凱

死亡

死亡

Mort

M

老太婆忘記自己之後，有幾位學者找到我先生，希望能看看老太婆晚近的文稿檔案、電子書信這些材料。我曉得他們在打什麼主意。還不就是想從她的作品檢驗作者生平。真是毫無想像力的研究方法。

在我們這毫無訃聞刊登傳統的地方，老太婆倒是自己先準備好訃聞了。我記得她的是這樣說的：「有誰比我更適合來寫我自己呢！」她說那話的時候，眼神像兩顆子彈射向我，彷彿我會舉手說唉唷不巧這家裡還有另一個小說家呢。她沒主動與我談過那篇文章的內容，不過我猜類似《紐約時報》的訃聞寫手那樣，準備了一輩子，以撰寫百科詞條的嚴肅態度寫好初稿，不時增補修訂，最終只需填上吐出最後一口氣的時間和地點。

我記得第一次讀老太婆作品是高中一年級。校刊社那票學姊抱著對待世界名著的極大熱情閱讀，有人買了兩本，一本拿來畫線寫眉批，一本留作收藏。她們透過出版社聯繫到作家做專訪，每個人都帶著專屬的簽名句子回來。那時候，她的小說連便利商店的小小書架都找得到，短短時間就衍生出影視改編的超高人氣。如果說，她一開始投稿那個以日本推理小說巨擘為名的文學獎，進入決選前三名單純只是好運，那麼接著繁體版、簡體版、日文版陸續上市後的銷售狂潮，乃至掄下最終首獎，似乎就無法以運氣來解釋了。她那本處女作，出乎意料成為臺灣作者打開日本書市的關鍵，不僅賣出三十萬本，年末時甚至名列當年度本屋大賞翻譯小說部門第一名。這對一向不怎麼熱中閱讀海外文學的日本書市來說宛如奇蹟。老太婆當年以單親媽媽的形象寫作爆紅，名利雙收，被媒體類比為「臺灣的J．K．羅琳」（其實差遠了，臺灣的形容語彙貧乏由此可見）。當年她的專訪提到，自己很意外也很驚喜能受到廣大讀者的歡迎，她會繼續努力，希望不辜負所有讀者。那時她沒料到，這本以自身單親媽媽帶著小孩共同生活的自傳性小說，能夠延燒到改編成電影和電視劇。或許有些人真是深受上天眷顧。電影版不僅票房聲勢浩大，參加國外影展也屢有斬獲；電視劇版則緊接著拉出討論熱度，幾乎跟這部作品沾上邊的演員、編劇、導演、製作人，全像遇上了職業生涯的轉捩點。

當然，老太婆之所以受到如此高規格的注目，絕對與她的美貌脫不了關係。小說從單親媽媽為了撫養兒子而到林森北路七條通的日式酒吧陪酒寫起。開場是一名熟客大叔正在跟女主角調情談話，一具屍體被扔了進來。大叔見狀隨即拉起女主角狂奔，展開全臺大逃亡。現在我可以相對客觀地說，這是本還不錯的類型小說，節奏明快，行文流暢，沒有一絲新手的青澀，蘊含通俗的要點：讓天真無知的主角透過突如其來的變故，踏上旅程（還拎著年幼兒子這個拖油瓶），在旅途中學習並獲得成長，痛失精神導師，復仇，最終以英雄的歸來結束。不過這個結束不是解決所有問題的收尾，而是暗示一個階段的終了也是另一階段的開始。不過嘛，即使我解讀得有條有理，說得頭頭是道，仍舊無法解釋為什麼這本書會紅成這樣。喔對了，我從第一次讀她的小說，就不怎麼喜歡她那故作幽默的語調。

我讀大學時覺得大部分的課程無聊透頂，常常自己待在圖書館看書，翻閱報刊雜誌，興起就寫些隨筆雜想，見到徵文比賽、各地區文學獎消息，偶有起心動念參賽，多半結果是美國總統——坐白宮（做白工）。好啦我知道不好笑。等到要升上大四的暑假，我開始感覺到日益逼近的生存壓力了。我爸媽說，幫妳存的教育基金只算到大學畢業，要往上念就得靠自己囉，看是要辦助學貸款還是找份打工。雖然我心裡嫉妒弟弟不用考上國立大學也給念，而且呵護備至得像這根廢材哪天會長成大樹呢。那個夏天，我一邊在小火鍋店打工，一邊到公職補習班準備高普考，盤算著畢業後無縫接軌的就業大計。但人生就是這樣。補習班鄰座的傢伙一臉白淨纖細，瀏海下的單眼皮神采炯炯，笑起來簡直哪個韓星歐巴。補習班窄小的座位讓每個不相干的人靠得太近，我總聞到他頭髮的淡淡髮蠟味。幸好老娘我長得也不差，打扮起來還是能唬人的（化妝最勤快的時期啊）。從日常寒暄開始，接著是在上課時攤開筆記本，你一句我一句唰唰筆談，很有前現代的復古感，像是回到手機還不存在的年代，我們開著對話視窗聊天。發現我們同一所大學，自然約著吃早餐、泡圖書館或咖啡店，漸漸成了習慣。偶爾他跑來我打工的火鍋店，自己點一套大眾牛肉鍋慢條斯理地吃（通常我會偷換成等級高一點的安格斯黑牛），吃完就當那裡是咖啡店，看起手上的書來，等我下班。

回想起來，我第一篇得獎小說，其實就是以他的視角來想像我，描述熱鬧人群中的獨自等待。當整間火鍋店充滿雜處的氣味，每個人都像是火鍋料那樣歡快漂浮在滾燙的熱湯中。每種料都會被一雙筷子夾起，進入另一個黑暗中緩慢消化、分解。店內的聲音也煮成一鍋沸騰的火鍋，切肉機削片彈出薄冰屑、電磁爐開啟或關閉的嗶嗶聲、桌上手上口袋裡的手機訊息提示聲或鈴聲、熱切交談的語句、孩子的哭鬧喧嘩、杯盤移動或翻倒、對著鍋中物喊著可以了滾了滾了快吃快吃快夾起來不然太爛了。離開火鍋店時，揮不走的人工高湯味像層隱形斗篷，包覆著我的毛孔、髮絲和纖維。我很感謝歐巴願意等我。我有時在忙碌中擡頭，透過層層蒸散的水氣看見他低頭看書的剪影，胸口脹脹的，覺得可以這樣隔著距離看望著他就好。

我們交往過程中，他不怎麼談自己家，模糊說及家裡只有當文字工作者的媽媽。我想一時也毋須追問，時候到了他自然會說吧。這一年過得滿愉快，最後迎來的卻是一起報考的高考、普考文化行政雙雙落榜。文化行政的錄取率之低，真是超乎想像，幾乎令人疑心全臺的大學文科生考公職都只報文化行政嗎？歐巴提議，不如來場散心小旅行，到臺南晃晃，小吃嗑到飽。結果到了臺南，從火車後站租好機車，一上路就跟人發生擦撞，人沒受傷，好心情就在路旁等警察來測量的半小時內消磨殆盡。而且從這起小事故中，我發現歐巴性格有些怯懦。騎車的人是他，被搶快紅燈右轉的改裝機車A到，對方氣噗噗衝過來幹譙一通，他有點畏縮，反而是由我跟對方理論，叫警察過來。幸好人車都沒什麼事（我後來才發現我的右腳踝有點不適），只有兩臺車身側邊些微擦痕，警察拿著滾輪測量事故現場。租車行老闆也就近來幫忙處理，在派出所做好筆錄和肇事現場圖（出租機車上嵌著行車記錄器），雙方看過簽名，總算了結。租車行老闆說臺南人騎車沒耐性，路況多，盡量小心慢行，（省略老闆批評市區交通的政見三分鐘），另外換一臺機車給我們。整個過程，我像個瘋婆子，跟對方交涉，要不是租車行老闆壓得住場面，大概很難快速落幕。而我那俊美的歐巴呢，全程像旁觀者，默默看著整件事貓一般輕輕走過。後來兩天的行程，他沒事似的，照原訂計畫小吃巡禮，我只覺得再發號肉粽、金得春捲、富盛號碗粿、永樂燒肉飯、鱔魚意麵、魚鬆米糕、古早味蛋糕、哈利漢堡、文章牛肉湯、王氏魚皮、小豪洲沙茶爐、布丁豆花這些都只是一個個排隊走進胃腸的名詞，我的心思、感官和愛情處在分離狀態，在離心力作用下緩慢攪拌。直到回程的和欣客運上，車內昏暗搖晃，我在沙發座椅找不到一個舒適的姿勢之時，卻看他頭抵著窗玻璃睡得正沉，旋轉的情緒此時加速，靜靜炸開了。

回歸平常生活，我繼續在火鍋店打工，遲疑著要不要再花錢補習，卻萌生積極參加文學獎比賽的念頭（貪圖那些獎金）。我像個考生，仔細研究起各獎項歷屆得獎作品，想歸納出容易得獎的主題和寫法（以某種形式包裝親情友情兒時記趣或某地文史材料）。就在此段期間，我不停遇到有老太婆出現的各種評審紀錄、評審感言。她那時已經出版三、四本小說，雖然不如第一本賣座，至少在國內還是能留在暢銷榜前十名（日文版則是一本接一本疲軟），而且感覺得到她還奮力挑戰創作的高峰（銷量卻在走緩坡下滑）。她在那段時期，反覆宣示自己寫的不僅是類型小說、中間文學，更是純文學小說。據說出版社方面有點怕她的純文學宣言影響銷量，畢竟文學純不純難以判定，銷售數字卻貨真價實。她從初期常被拿來比較的蔡智恆、九把刀，再到後來的侯文詠、朱少麟，逐漸轉為成英姝、胡淑雯，似乎坐實了她跨入純文學領域的宣稱。

她當初是這麼批評我那篇火鍋店小說的：「這篇的文字運動感很好，畫面中的全部人事物都是動態，整體氣氛和燈光都不錯，像一齣戲的場景布置得宜，唯獨那個被『我』凝視的打工女孩是靜止的，從這段落以後就太過文藝腔、有些刻意，要凸顯出『我』的目光如何穿透那些話語聲響聚焦在女孩身上。問題是，這人的凝視沒有溫度，反而讓這段描寫扁平掉了。」我那時心想，妳又不是歐巴怎麼知道他怎麼想，他的目光也沒插溫度計怎麼測出沒有溫度？評審場合是話語權力的交匯、碰撞和協商之所，常有一兩個主導者引領話題和批評流向，有時就只是話術的對決。例如某人以強大濃密的文學知識來武裝某篇作品，拉出序列位置和比較要點，通常能賦予作品的突破性和文學史座標。又如某人會先批評一番參賽作品，宣稱這次只為某一篇而來（或擺出姿態說這些都是爛蘋果，只能選個比較不爛的），甚至願意為此押上評審費。大家都明白這是種表演，誇張、戲劇化者勝出。也有說不清美學判準何在卻堅持要某篇獲獎（或不讓某篇獲獎）的評審，不惜以拖長會議時間來換取交換條件的妥協。在我那篇僥倖得了佳作的短篇小說決審會議上，老太婆正是那個最有說服能力的主導者。從紀錄看得出她擁有絕佳的感受直覺，有如偵測雷達精準掃描作品的優點和缺陷。她批評別篇作品的說法我幾乎全贊同，唯獨對我那篇的意見，實在無法接受。初初寫作的人，很難不受前輩、師友的審美重力牽引，不知不覺就會過於靠近，變得不相信自己。幸虧在我那陣子在別的地方文學獎項命中率超過七成，累積獎金的同時也壯了點自信。但幾次下來，我的作品每每遇上老太婆當決審，能有吊車尾佳作就該額手稱慶了（喔她也批評過我太常用成語、套話，有些陳腐，應當拿自己的修辭來說話才對）。既然我有著「反正她就是不喜歡我」的心理準備，參賽兩三年，大概算是平穩地得了該得的獎項（不得一次林榮三文學獎怎麼可以呢），文學雜誌報刊漸有些專題邀稿，也有出版社編輯來詢問出書可能性了。

歐巴某天問我願不願意跟他媽媽一起吃飯。其實我一直等待這個邀約，表示他總算把我放進他的未來圖像中了（都五年了還沒帶我見媽媽像話嗎）。除了怯懦些，他算體貼又家居，每次讓他幫我看稿子也總是能合宜委婉指出我沒寫好、寫糊了的軟肋，在在顯示他有閱讀的敏銳直覺。提完邀約那兩天，他顯得有些心神不寧，行前又低低地說媽媽是比較直接的人，快人快語，如果說得不中聽，別放心上。沒錯，我到那天晚上，推開包廂紙門，才發現他媽就是老太婆。她從容正坐在和桌前等待，像是在那端坐了一生，本人的美貌彷若自然散發著林布蘭光。一陣震撼、驚嚇和暈眩衝擊我，隨即湧起的是濃烈的背叛。多少次我在歐巴面前批評老太婆對我作品的偏見，酸她那些小說（像是那本「書評小說」，號稱把書評和小說嫁枝栽培長出的奇異果實，還不是為了要滿足她的學歷自卑而誇張炫學證明自己真讀過很多書），他只是支吾悶聲，我還以為是他和善性格不對任何人妄下批判。那頓飯吃得我毫無知覺，像是人形娃娃擺在榻榻米的蒲團上，表情僵在微笑與陪笑之間，又是一長串的壽司名詞列隊走進嘴裡、穿過食道、落入胃袋，像沙漏，所有下降的魚類重又在我胃裡洄游，肚腹升起一小片鹹鹹酸酸的洋流。

「我有看妳最近那篇小說。」我呢，大約從她開始講評我的小說就陷入惚恍（「我覺得妳的東西有點像我」有嗎？），明明手邊的溫清酒喝不到一盅，卻有點茫然迷惘，老太婆嘩啦嘩啦說得像在開評審會議，我唯唯以對。好不容易撐完，喘息一會，這妖婦居然說：「我可以幫妳的新書寫序。」就這樣，問也不問我就莫名受到她庇蔭，出了第一本短篇小說集。我自然明白，有多少人希望她能給自己的書寫篇序跋（她頗愛惜羽毛不大幫人寫序跋），這該是多大的恩惠，但我從來就不算她的讀者。何況以她過往在文學獎評審對我作品的評價，我不覺得她能寫出什麼有意義的內容（認真說起來，我最希望張亦絢幫我寫一篇）。那晚對我最大的收穫是，我終於瞭解歐巴那懦弱的個性是怎麼來的了。

第一本書出版後，老太婆另外寫了信給我。大意是新人第一本書難免患得患失，不要想太多。寫作是個人戰鬥。必須得寫下去，盡力維持高品質，才可能有所累積。

好幾年後，我出了幾本書，成了她媳婦。我們都寫作，在一起時我卻刻意避談文學相關話題。我吃過她一點虧。我跟歐巴新婚後，她寫了篇新婚夫婦蜜月旅行的短篇小說。主要情節安排，乃至旅行途中的大小細節，其實就剽竊自我們身上的真實經歷。她只不過把我們的性別對調，改成丈夫是小說家，妻子是公務員（是的，在歐巴連續考了數年高普考、地方特考後給他矇上鄰縣市公所的一般行政缺）。我看到那篇小說儘管小不爽，也不能當她面發作，她倒自滿地說怎樣不錯吧我光聽你們說過一次就能寫成小說了。她神智清晰的最後幾年，老在談瑪格麗特．愛特伍，嘗試仿效寫大部頭軟科幻（有些評論說是後人類）小說不好也不壞，總給人似曾相識的感覺（多層次的虛擬實境、生化人的覺醒或人工智慧體自我認同、環境巨變後的生存浩劫和演化新方向）。如果世上已有一個愛特伍，多一個臺灣版又如何？我身為一個寫作同行、一個讀者，覺得她倒不如寫自己熟悉、真正活過的年代，在沒那麼科技的時空背景，或許有更自由的虛構空間。

至於我自己的寫作，自從寫完火鍋店打工見聞、家族故事後，我發現已經沒什麼好寫了，因為我根本沒有太多人生閱歷就投身寫作。我從來只擔心怎麼寫出東西，根本沒空四處增添生命經驗，所以題材枯竭時，我只能靠讀更多書、看更多影集和電影來刺激思考、補充庫存。我讀到芙蘭納莉．歐康納的小說和書信集，她說人生值得寫作的事都在二十歲前就發生了。那已經足夠你寫上一輩子。我想歐康納之所以是歐康納，多半還是她有天賦吧。也是我寫不出什麼鳥來的那幾年，老太婆的記憶狀況有如穿梭大氣層劇烈摩擦燃燒的隕石，充滿煙硝蝕刻，變得到處都是洞了。在每週一次的晚餐裡，我最初察覺她逐漸記不起一些過往常拿來舉例的作家、書名和作品綱要。我以為那是衰老症狀的正常範圍，何況她日日面對電腦螢幕的長時間寫作，難免耗竭心神和注意力。我們說破了嘴，她也不願意到醫院做身體檢查，只是叨唸著讓她寫完這本書再說（那時她常說：「愛特伍在我這年紀已經寫出《盲眼刺客》啦。」）。她為了那本書，嚴格執行閉關寫作，推卻所有的邀約和聚會（真該感謝第一本小說的史詩級成功讓她晚年不愁吃穿）。或許她的閉門不出和寫作執念，也讓其他後來診斷為額顳葉型失智症的症狀不那麼明顯。

或許在她擺盪於過度健談與過度沉默之間，她的記憶正在消融毀壞，留下的只有針對寫作的我執。她以前說過，任何作者都抵擋不了時間老人的摧毀，先是作品在文學史的風化作用中被侵蝕得只剩幾種代表作，幸運的話，若干年後還有人在讀。再來是愛特伍說的「與死者協商」，你必須從人終有一死的畏懼中，從亡者那邊冒險帶一點什麼回返人間。這部分極為個人，是最初也是最終的提問：為什麼寫作？

我唯一確定的是，當我看過她寫就的訃聞，也偷偷打開那份老太婆死死守著不讓人看的文稿檔案夾時，真有看見史蒂芬・金的小說《鬼店》名句：「All work and no play makes Jack a dull boy.」等同的空白無語。不過嘛，我後來想想，可能不久後會有人類比她是臺灣的艾瑞斯・梅鐸，也應該有人對號稱她最後一部作品感興趣。我想像那小說也許與她的第一本小說遙遙呼應，故事就從那個單親媽媽晚年寫起，寫她如何以殺人來抵抗失智症的侵擾，寫她如何在忘記自己之前做掉那個該死的媳婦。最後一本書的序就交給我吧。

我從她的書房工作室躡手躡腳退出，輕柔走至她臥房，一道細細的光斑像在切開她腦袋那樣發亮。她雙眼緊閉，鼻息均勻，靜靜躺在床上，渾然不知我即將盜取她的名字。反正哪，我們終究會被文學史吞沒，下沉到最深最暗的所在，無人在乎。

字母會
死亡

潘怡帆

M

Mort

評論

死亡是「說」的不能，因為死去的總是他人，一旦死去，則使言說（解釋、死亡的經驗談）永恆缺席。然而，小說是「不說」的不能，它使「不說」蛻成不說的總已「說什麼」。因此，小說成為唯一能使死亡重返在場的賭注，以書寫啟動使永恆缺席「宛如」在場的幻術。六位小說家，六種死亡的降靈之舞。

胡淑雯在小說中豎耳傾聽死亡的聲音：「葬禮過後，她短暫失去了聽覺。再聽見的時候，竟然受不了聲音了，……她的聽覺犯了過敏。」因為描述死亡是一樁不可能的任務，死亡是永恆屬於他人的經驗，即使以調度經驗的極大值來觀察死者，最終仍只會得出倖存者的結論。誠如楊凱麟所言：「我活著，因此與死亡毫不相干。」死亡不同於生命裡的所有事件，是悖反於經驗的絕對異常。活著阻隔了與死者間的溝通，使人聽不見死者。然而死者無法傳訊，緘默於是成為死者對死亡的唯一傳訊。然而，不同於陷入一片沉寂中的「聽不見聲音」，死者的緘默是他在人世間的最終表態，是溝通而非切斷溝通，是必須聽見的寂靜之聲，而非聽不見的無聲。聽見寂靜有別於保持安靜或不製造聲音，而是從各種聲響中篩出細沙般的寂靜，必須通過「白噪音」（white noise）來重現寂靜，如同卡夫卡筆下喜歡安靜的耗子民族，他們總是樂於傾聽女歌手約瑟芬劃破謐靜的狂飆高音。噪音切斷無聲的綿延不絕，使耗子民族從破碎中重新拾起寂靜，面對益加狂躁的約瑟芬，耗子民族愈能潛入更深的寧靜海域。通過水表電表的滑擦聲，十一樓貓咪的腳步聲，過長的指甲在琴鍵上碰出碎裂的雜音，乳房裡的漏水聲……胡淑雯讓小說裡的「她」患上聽覺的過敏，為了聽見死去的哥哥，聽見屬於死亡的聲音，「必須製造強烈的噪音，才能獲得片刻的寧靜」。失去哥哥的「她」在噪音的包圍中，蛻成異常安靜的人，與哀淒葬禮上唯一無語的寂靜死者共振。她從隔壁桌上的爭吵，鎖定被掩飾的寂靜，在車水馬龍間，盯上那頭無法溝通的大鳥，在躁動中解析出寂靜，如老人在毫無章法的翻來轉去中檢索鳥的死亡痕跡。死亡不是不發聲，而是必須被傾聽的無聲，如同「她」感應到哥哥的笑容，「雖然她並未聽見他的笑聲。」哥哥說，蝴蝶「其實有時候也會叫的，腹腔會震動，只是人類聽不見。」聽不見聲音不等於不表態，而是蝴蝶的腹震或死者的緘默，迥異經驗中的任何溝通。聽見「聽不見的聲音」，使安靜表態，使無聲開口說話，聽見寂靜使得死亡鄰近。通過最鮮活的噪音書寫（風聲、雲聲、雨聲、動物聲、心跳聲、吼叫聲、爭吵聲……），胡淑雯繞經離死亡最遙遠的生的距離，返抵最內在的死亡／寂靜之聲。

童偉格從記憶的消失處閱讀自身的死亡。小說敘述者觀察外婆方糖融化般的記憶消蝕，驗證自身的亡故。死亡從不驟然降臨，早在幾個月前，甚至幾年前，死神已不知不覺地悄悄進駐身體，如誰也不識的生人，在腦中走來走去，緩緩拭去記憶的影像邊角。「從他離鄉讀高中起，外婆就漸漸認不得他了。只是出於習慣，總跟母親問起，問他返鄉了沒。直到後來，當他就站在母親身邊，外婆也還是這麼問。他帶給外婆的只是困惑。在那家屋，他，這個陌生人，藏在外婆身後，隨她看向門外。他的感覺冷一些，卻不必然比熱的清晰，也不盡然就是錯覺。像確實正有什麼，在闃靜裡步行。」敘述者的死亡業已發生於外婆的遺忘，他在場的行跡被外婆逐步清掃出記憶版圖外，他遭判死刑，成為不復存在的陌生在場。每次探視外婆皆是死神復返的報訊，提醒著她與他共時的死亡，她終將記得更少，返回嬰孩與更早於誕生，抵達呼吸發生之前。他終將無法被記憶，成為不被外婆聞問的匿名者，活成「記憶不再」與「死亡將近」的雙重提示者。如同敘述者對外公躺倒腳底板的模擬，當「外公眼中光熱全奔湧向腦海，釋散餘氣」時，他與外公共同完成了生死交換，他的生命從外公熄滅的雙眼裡被捻熄，外公邁開厚大赤腳，「啪噠啪噠，直直踩進家屋」，進駐到他幽暗腦內。敘述者隨著被遺忘，同步逸散自己的存在。死亡於是像雙面刃，在告別式裡被告別的除了他人，還有自己。我們在他人的遺忘中，同步死去，而那確實就像是「彌諾陶洛斯」的存在。希臘神話中半牛半人的彌諾陶洛斯既是死神，也是死者，是神人也是牲品，牠所居處的迷宮既監禁也被監禁，被監禁於迷宮中的牠用路線的摺曲圍捕祭品，迷宮亦成為牠專屬的無期囚籠，使牠逃無可逃。忒修斯手刃彌諾陶洛斯，亦將牠從迷宮的監禁中解放。迷宮於是雙向地面朝生也朝死，「牠知道，這樣的事，在這世上毫不新鮮：世上所有起點，也就是所有終點；就像所有終點，也就是起點。」敘述者探視外婆的逐步死亡，亦同步探視著自己的死亡，隨外婆故去，他也將化身一頭彌諾陶洛斯，築起自己的崎嶇迷宮，獨行於那也終將漫起大霧的記憶，倒退回一再從童年裡醒來的過去。他將安靜等候「眼前，一個認識的人也沒有了」時，釋放記憶所監禁的一切生靈，同步縱入死亡。

黃崇凱以「訃聞」為概念，使時間從死亡處回流。訃聞是脫死入生的書寫，在公告周知的死亡標題下，它簡述死者生平，在死亡確立後，它使死者復生，如同馬奎斯《預知死亡記事》或《百年孤寂》，小說從死亡預告後開始：「聖地牙哥．納塞爾在被殺的那天，清晨五點半就起床了」、「多年以後，奧雷連諾上校站在行刑隊面前，必然會想起父親帶他去參觀冰塊的那個遙遠的下午。」倒敘式書寫使已經躺下的死者重新開口說話，黃崇凱筆下的媳婦作家亦通過開門見山的訃聞，使婆婆轉活：「老太婆（資深女作家）忘記自己之後，有幾位學者找到我先生，希望能看看老太婆晚近的文稿檔案、電子書信這些材料。我曉得他們在打什麼主意。還不就是想從她的作品檢驗作者生平。」有別於現世中死去，作家的生命結束於書寫不再繼續，一旦停止書寫，死亡蓄勢待發。媳婦作家以訃聞預告資深女作家的末日，通過追憶，使她從年老失憶返回處女作的火紅時代。由媳婦代書作家婆婆的畢生風華，成功地將婆婆擺回文學界女皇的地位，說她彈指之間便能決定文學獎獎落誰家，靈感源源不絕地一再攀上文學高峰的浪頭。反觀媳婦雖然對婆婆的文學評點多有置喙，對自己的寫作素材被占用也感到忿忿不平，然而，比起婆婆的寫作能量，她卻似乎面臨瓶頸：「至於我自己的寫作，自從寫完火鍋店打工見聞、家族故事後，我發現已經沒什麼好寫了。」倘若作家的死亡不取決於生命的長短，而是無以為繼的寫作，那麼小說裡的作家之死，可能不指向持續寫作的婆婆，而是指不再書寫也沒有什麼好寫的媳婦？愛特伍《使女的故事》與《盲眼刺客》裡反覆摺曲的戲中戲，倏乎在黃崇凱小說的編排下警鈴大作，擅長推理小說的婆婆說：「有誰比我更適合來寫我自己（的訃聞）呢」、「她如何以殺人來抵抗失智症的侵擾，寫她如何在忘記自己之前做掉那個該死的媳婦」，媳婦的出道之作是繞經他人（丈夫）的眼光想像自己，而婆婆說「我覺得妳的東西有點像我」……訃聞原是說話者對亡者的形象重塑，使亡者成為繼承者的掌中戲偶（我說／定義婆婆是……），然而，戲偶也能僭越說話者，蛻變為媳婦並開口說話（繞經媳婦來說我自己），通過敘事來說死敘事者。通過書寫，媳婦也能盜取婆婆訃聞裡的生平，召喚新的書寫素材，如同婆婆對她作家之途的指使、鋪排與占用……小說往來於婆媳作家之間的書寫對戰，在說、改寫與重說故事中撕出層層計算，使死亡預告成為無法終結死去的永恆復返。

陳雪以不再可能死去的「不死」(immortalité)演繹死亡。死亡不再以缺席為小說劃上句點，而是一再由地獄重返人間的「繼續說故事」。敘事中的母親漫遊在無法死去的死亡中，成為活死人般的「死亡本體的在場」。她的初次死亡發生在被擠出「家庭」定義時，小媽遞補家族成員裡「母親」的缺位，把她劃出人類社會的最小單位外。她從稱謂上被除籍，因為女兒口中的「母親」指向非她的「小媽」，丈夫心底的「妻子」指向另一個女子，而長輩眼裡的「媳婦」指向能生出男兒的肚皮。她因此被放逐到理所當然的存在之外，成為只能透過她以外的異物(黃色計程車在住家外圍的徘徊)與異聲(不再屬於母親的陰鬱、沮喪的說教)的運動，來證實「仍然在場」的幽靈。母親的二次死亡發生在外公去世時，外公的缺席褫奪了她誕生的根源，她的在場成為不再能被檢證為生物的存在（存在起源的喪失），以不再被招呼或被惦記的方式，成為剩餘勞動償債的（欠下一百萬的卡債）機械性的物質存在。母親最終的死亡是對死亡權利的宣告放棄，然而，切斷死亡的能力同時是使死亡成為不再可能的「不死」。「不死」並非生還，而是成為死亡本身的「無法死去」，是以持續死著的狀態寄生於女兒的記憶：「雙面時間其一的我（女兒）過著繼續成長的十八歲、十九、二十……。我的內在時鐘愈活愈倒退，要縮減與她分開的時光，退回與她共處的童年，每一天倒退一天，過去與現在重疊，我不再是我，我是母親與我的共生體。」女兒每一刻的生存被竄改成母親死亡的在場，然而，死亡在場並非死亡事實的確認，相反的，它透過女兒對「母親在生」記憶的再生被確認（關於母親的紀錄已塞滿三大本筆記，我確定自己可以針對此事無盡地書寫……內容可以自行衍生）。女兒的記憶從此不再「更新」，而不斷被「重構」成母親的模樣：以母親的在生時刻為原始素材，女兒的記憶「再生」。女兒的記憶不斷被摺回母親生之時光的內部

「重構」，只朝向內部繁殖的記憶把女兒繼續前進的歲月同步逆時地收編為母親在生的再生。女兒不擁有母親死後的新的記憶，或更準確地說，她不再製造沒有母親的記憶，所有新的記憶都是為了被納入母親過去的某個細節，成為被想起的既在，而非新的生產。不再往前延伸，而是折返成圈的封閉循環，使女兒不再有多過於母親死後的存在，所有其後的記憶增生，都是對死亡而非活著的說明，那於是並非母親，亦非女兒的敘事在場，而是由持續的死亡在場（母親）而不死（女兒）的死亡本體所合力上演的一齣借屍（倖存者）還魂的死亡劇場。

駱以軍描繪的死亡，只發生在與死亡交鋒瞬刻的轉舵，那是在死亡中與之「錯身」的復生，是唯獨通過文學，才能招致的「死亡在場」，一種缺席的在場，誠如卡夫卡所言：「書寫（écrire）以便能死亡，死亡以便能書寫。」卡夫卡將書寫連結死亡，因為被寫下的是總已存在的對象，也是從此對象蛻殼而出的另外想像（他那些玩意兒，每個字你盯著看，都認識，但奇怪被他組在一塊擠成一堆，你再看，欸？全部看不懂了）。文學既創造也謀殺（造字、神鬼哭），書寫以破壞描述對象的既有認知來重組想像，它的華麗冒險透過刺殺（或取消）日常的平庸而成就，因此每一個字都是一樁死刑處決：「一個字寫下，就是一個無人知曉的……死亡。……再寫第二個字……便從難以理解的另一角度消失。」然而，唯獨踏上屍橫遍野，把殘骸重新揉捏成肌理的寫作才得以幻化故事，敲開文學空間的向度：「現在我以寫下七千五百三十八個字了。灼痛感、崩塌感、尖叫聲皆不復存在，剩下一種平靜的緩流波光。」換言之，文學並非書寫的死亡終結站，它毋寧更近一個唯獨自掘墳塚之後，才得以窺見另外世界的死亡甬道，那是卡夫卡自搗面容而縱身躍入的「在死亡之後（取消自我）」的書寫世界。企圖以寫作表明心跡，或把作品簡化為作者現實，都是對書寫的狎翫，因為書寫是扒開現實，倒出多生出來的「憑空」時光的刀口（用「有點事」的托詞度換出空的一小時），是切開瞬間之間不可見的光速來回運轉。它近似現實，卻是不見血的現實處決（六耳獼猴與孫悟空的對調、對岸的胖子藝術家與臺灣小說家的認錯人），它絕非現實，因為它的無限運動無法被兌現為任何實際存在的增加，它是「被認錯的那個」。「被認錯的那個」使日常遁入小說時空，因為成為錯的人使他得以斷開其自身所是的存在（被當作別人的自我缺席），成為不在場的持續存在。這個缺席的在場使由它牽動的情節，被迂迴地摺入現實的內裡，「跟沒發生過一樣」，因為他是「並非自己，也非被錯認的實際對象（對岸藝術家）」的存在的空缺。由是，缺席者引發的事件無法連結上他自身或被錯認對象的現實，而是不斷延展現實表面張力的說故事運動，那是猶如在夢中或浦島太郎的無限時間（一百年！）的摺疊。直到被某個外在現實重新切入的時刻：「被認錯的那個，心裡像沙漏倒數著，99、98、97、96……，再多少秒，對方就發現之前的那虛張聲勢，用錯了人」，如同對六耳獼猴未死的指認，把它重新接上它自身的現實，截斷了孫悟空英雄般的取經故事（真正完成《西遊記》的是早已不存在的六耳獼猴）。然而，如同所有對夢境的指認，這也只是誘使進入另一場故事的夢的開端。從《獵人格拉庫斯》的案例得知，一旦與現實的死亡錯身，則導致死亡再無可能，任何對現實施以更加逼近的抽絲剝繭，都是「喬過整理過換掉過他（如來，試圖從虛構中辨讀現實者）允許在這個界面、戲臺、金光閃閃翻滾跑跳的」再虛構。因為從現實連結上書寫的那刻開始，死亡業已發生，以便能夠二次降生為作品，往永恆一瞬前進。

顏忠賢所謂的死亡，是不斷把死亡的休止點異化（aliéner）為中繼站的「在死亡途中」。然而，這不是肥皂劇式的彌留時刻的無限延長，也不是好萊塢式的必須以回想一生的長度才足以噓氣的死亡，而是死亡做為地獄之門，通往極樂慶典的一再開場。換言之，以死亡做為起點的小說並不指向無路可逃的末日，而是以「變妖怪」和「食的饗宴」（終極料理的夢幻體驗）無盡迂迴地轉回綺景豔色的活體國度：「破爛不堪到半毀的慘白紗布蚊帳卻竟然像是一種華麗彩虹雲霞滿天飛的天幕。」然而，如此的「變活」並非為流連人間所複製的世界的延續，而是踰越死亡以後的人世禁斷，是脫俗入聖地潛入再無舊規可循、可解的，薩德式的或更接近巴代伊式的「失樂園」之中。那裡以生為食，料理的精髓不再是關於烹調時間與溫度的講究，而是對生物軀幹的奇形肢解與如何帶血留膏的盛盤，各種可思考的生猛描述不斷地幻化為饗宴般極樂的不可思，越出理解的邊界（太過殘忍到令人感動的死亡況味），卻以更具威嚇力的界限體驗迫出更強勁的生的意象（血絲充滿弧度眼珠就在慘白色法器般骨瓷中都仍然好像還在汩汩淌血）。如此不斷把死亡再製為生命的暴力書寫，使小說斬斷成為任何教義論理之隱喻的可能，而肉身化為欲望在場的實體景觀。每一次滿足口腹欲望的宰殺，都引發對生命更大程度的歡愉（生蛋到活體眼珠的夢幻料理對巴代伊《眼球的故事》中至極歡愉的召喚），在死亡之後接續而來的總是更加鮮活的肉體存在（食材對身體的滋養)。死亡成為可能一再超脫為聖靈的禁忌的踰越，而每一次的死去都只為迎來更加激情與奇幻的對死亡的迫不及待。顏忠賢筆下的死亡，雕琢以神話般慶典式的色彩(終於變成不會死的妖怪)，使死亡成為被欲望的對象，並透過殘暴的極限描述，撕裂它做為「人間第二」的可能。一再以狂歡與脫序所暗示的死亡，把活命轉化成無可期待的日常，了無生氣的老婦命大地活著，年輕貌美的媳婦卻死了。活著就是厄運隨身的長出惡瘡、膝痛、全身惡臭、必須節制卑屈的一心想死，而唯有甘冒對死亡的踰越，才得以遁入不可思的神聖之域(人都要先死一次以後……就不會死了)。死亡由是與踰越同義，既指向踰越禁忌的焦慮(內心的譴責、惡夢、苦惱)，也指向投身神聖的極致快感(神樣對生命的主宰)，而也是在如此局限與越界的異質雙生中，死亡同為死亡可能的推遲，並在死亡中持續召喚死亡。

作者簡介

◉策畫

楊凱麟

一九六八年生，嘉義人。巴黎第八大學哲學場域與轉型研究所博士，臺北藝術大學藝術跨域研究所教授。研究當代法國哲學、美學與文學。著有《虛構集：哲學工作筆記》、《書寫與影像：法國思想，在地實踐》、《分裂分析福柯》、《分裂分析德勒茲》與《祖父的六抽小櫃》；譯有《消失的美學》、《德勒茲論傅柯》、《德勒茲，存有的喧囂》等。

◉小說作者（依姓名筆畫）

胡淑雯

一九七〇年生，臺北人。著有長篇小說《太陽的血是黑的》；短篇小說《哀豔是童年》；歷史書寫《無法送達的遺書：記那些在恐怖年代失落的人》（主編、合著）。

陳雪

一九七〇年生，臺中人。著有長篇小說《摩天大樓》、《迷宮中的戀人》、《附魔者》、《無人知曉的我》、《陳春天》、《橋上的孩子》、《愛情酒店》、《惡魔的女兒》；短篇小說《她睡著時他最愛她》、《蝴蝶》、《鬼手》、《夢遊1994》、《惡女書》；散文《像我這樣的一個拉子》、《我們都是千瘡百孔的戀人》、《戀愛課：戀人的五十道習題》、《臺妹時光》、《人妻日記》（合著）、《天使熱愛的生活》、《只愛陌生人：峇里島》。

童偉格

一九七七年生，萬里人。著有長篇小說《西北雨》、《無傷時代》；短篇小說《王考》；散文《童話故事》；舞臺劇本《小事》。

黃崇凱

一九八一年生，雲林人。著有長篇小說《文藝春秋》、《黃色小說》、《壞掉的人》、《比冥王星更遠的地方》；短篇小說《靴子腿》。

駱以軍

一九六七年生，臺北人，祖籍安徽無為。著有長篇小說《匡超人》、《女兒》、《西夏旅館》、《我未來次子關於我的回憶》、《遠方》、《遣悲懷》、《月球姓氏》、《第三個舞者》；短篇小說《降生十二星座》、《我們》、《妻夢狗》、《我們自夜闇的酒館離開》、《紅字團》；詩集《棄的故事》；散文《胡人說書》、《肥瘦對寫》（合著）、《願我們的歡樂長留：小兒子2》、《小兒子》、《臉之書》、《經濟大蕭條時期的夢遊街》、《我愛羅》；童話《和小星說童話》等。

顏忠賢

一九六五年生，彰化人。著有長篇小說《三寶西洋鑑》、《寶島大旅社》、《殘念》、《老天使俱樂部》；詩集《世界盡頭》，散文《壞設計達人》、《穿著Vivienne Westwood馬甲的灰姑娘》、《明信片旅行主義》、《時髦讀書機器》、《巴黎與臺北的密談》、《軟城市》、《無深度旅遊指南》、《電影妄想症》；論文集《影像地誌學》、《不在場——顏忠賢空間學論文集》；藝術作品集《軟建築》、《偷偷混亂：一個不前衛藝術家在紐約的一年》、《鬼畫符》、《雲，及其不明飛行物》、《刺身》、《阿賢》、《J-SHOT：我的耶路撒冷陰影》、《J-WALK：我的耶路撒冷症候群》、《遊——一種建築的說書術，或是五回城市的奧德塞》等。

◉ 評論

潘怡帆

一九七八年生，高雄人。巴黎第十大學哲學博士。專業領域為法國當代哲學及文學理論，現為科技部人文社會科學研究中心博士後研究員。著有《論書寫：莫里斯・布朗肖思想中那不可言明的問題》、〈重複或差異的「寫作」：論郭松棻的〈寫作〉與〈論寫作〉〉等；譯有《論幸福》、《從卡夫卡到卡夫卡》。

字母LETTER
陳雪專輯　2017 Dec. Vol.2

專訪試讀

現在是活活潑潑的陳雪

陳雪vs.
林秀梅（麥田出版副總編輯）、
莊瑞琳（衛城出版總編輯）

日期：2017.10.27　14:30~18:00
地點：永和　小小書房

莊瑞琳　對於作家身分的認同，在妳心中是怎麼慢慢形成的？妳的成長環境是非常普通，甚至不好的，作家這個行業又跟錢背道而馳。妳本來是一個「生意子」，而且妳很有天分，很會賣東西，那是怎麼變成作家陳雪的？是什麼過程，讓妳堅定要成為一個作家？而且要以寫作維生？

陳　雪　我二十五歲出第一本書，二十六歲出第二本，到二十九歲時已經出了四本小說，但我從來沒有覺得自己是作家。因為我一邊賣衣服、一邊送貨，一邊還債，家人也很反對我寫作，寫作變成我個人的祕密。我的生活裡面，因為常常要去送貨，如果提到我是作家，很怪，而且我覺得我不是作家，我只是一個小販，一個業務員。我年輕時也很叛逆，覺得說自己是作家好像很做作。我當然熱愛創作，寫作是我終身要做的事，但我覺得那比較像是我自己的祕密。那時候我也很少跟外界接觸，我想保護我的寫作，因為我寫的東西很禁忌，也很大膽，我不想要別人來干擾我，來提問為什麼要這樣寫。我骨子裡很怪，有一部分是個好孩子，我不想要好孩子這個身分影響我的創作，我就特別低調不讓人家知道。

我看問題裡有提到舞鶴，舞鶴對我有蠻大的影響。我記得第一次看到他，是去評東海文學獎，也是我第一次評文學獎，大概就是二十七、二十八歲，那也是我第一次看到駱以軍。我本來覺得自己就是一個擺地攤的，不知道為什麼會有人打電話邀請我去評文學獎，當時我沒有得過文學獎，至今也沒有。我跟舞鶴同場，那時候很幼稚，也不太會評審。最好笑的是，我穿一件很怪的衣服，舞鶴還問我為什麼穿這樣，反正就是很俗豔、露肩，想刻意展現性感。我記得他問我在幹嘛，我就說我在賣手錶，他說，妳幹嘛還賣手錶，妳應該寫小說。我說，可以只有寫小說嗎？他說可以啊，妳應該什麼都不要做，就是寫小說。對我來說，這就像是一個咒語，有一個人跟妳說，妳可以這樣做。我心裡還想說，難道他很肯定我嗎，其實他不認識我，當然我就送了他一本《惡女書》。我們兩個有點小小的緣分，後來我去訪問過他。那時他又再次跟我說，妳不應該再做那些工作了，妳應該寫小說。第一次讓我想到，我可以做一個小說家，可能就是舞鶴吧。而且他真的就是沒在做什麼，就是寫小說。我看到他的時候，我還蠻震驚的，他住在一個什麼都沒有的房子，我永遠都不會忘記，就是一棟透天厝，所有家具都是房東給的。我認識他本人之前，就有人跟我說，他是一個有精神病的原住民作家。我就很興奮，馬上去找了《悲傷》來看。我見到他的時候，是帶著一種很景仰的心情，因為我非常喜歡他那本《悲傷》。採訪他的時候本來只是在樓下，我就說可不可以參觀你的書房，那其實是一個房間，什麼都沒有，只有兩三本很奇怪的書，一張學生書桌，讓人印象很深的是，那房間非常乾淨，地上卻有非常多頭髮，桌上有稿子。說真的，他對我影響很大，妳可以什麼都沒有，滿地的頭髮就可以成為作家。人家可能是滿屋子藏書，但他沒有。我還問他，你都吃什麼，他就給我看電鍋，裡面就是紅豆薏仁飯。作家就是這樣，作品、米跟一張桌子就好。但他跟我說了蠻多竅門，他說他會鍛鍊身體，做伏地挺身之類。

採訪他已經是一九九九年的事情，我還沒成為專業作家。但他已經在我心裡種下，專業作家就是這樣。但我那時候要還家裡的債，還有很多心裡的負擔。精神科醫師一直鼓勵我，我那時憂鬱症很重，但他覺得我沒有憂鬱症，是因為環境造成的，他說我想要寫作但一直沒辦法，當然會憂鬱。滿地頭髮的舞鶴也一直鼓勵我要專業寫作，這兩個驅力一直讓我覺得要排除一切，去某個地方寫小說。到二〇〇二年，我終於到臺北了，沒有工作，開始寫小說。實際上我還不覺得自己是作家，只是躲在一個祕密的地方偷偷寫東西。寫《陳春天》的時候，我還有回去打工，每個月會去送貨好幾天，有一次我們送貨到花蓮，因為《陳春天》中國時報有採訪我，我以前不喜歡讓人家登照片，但那次照片放很大。我去送貨時，文具店老闆娘叫我簽貨單，她一直看著我，說陳小姐我看過妳，在報紙上看過妳，妳是不是作家。我就說，妳覺得我像作家嗎？她說像又不像，但那個（照片）真的很像妳。我說我就大眾臉啊，簽完我就走了。直到那一刻我還是沒辦法說我是作家，但我心裡知道，這可能是將來要去面對的問題。我真的很自然覺得自己是作家，是到寫《附魔者》的時候，那時都已經認識駱以軍他們了。我打從心裡覺得自己是作家，已經職業寫作很久了。

林秀梅　剛剛提到鍛鍊身體，我讀《巴黎評論》，海明威提到寫作之於他就像是拳擊（表明作家保持良好健康狀態的重要）。這件事對作家來講是不是很重要？妳如何維持健康狀態？

陳　雪　年輕的時候沒有想到，年輕時就是損耗自己，常在夜裡寫作，白天就是勞力的工作。真正完全改變，就是寫《附魔者》，我發現我前面的寫作方法是不對的。我來臺北之後的寫作方法跟臺中不一樣，以前是半夜寫，好像還債一樣，白天身為一個人的責任已經完了，晚上就來寫小說，但那樣寫也寫不長，《惡魔的女兒》最多就是十萬字。但我的個性想寫大的作品，喜歡寫長篇小說。到臺北來，開始把長度慢慢增加，寫《橋上的孩子》是一篇一篇寫，當時已經沒有工作了，也試著去抓出要怎麼調配時間。我從小身體不好，不用上體育課，曬太陽會昏倒，所以沒想過要運動。只是會想說要怎麼專業寫作，我的方法是，就像上班族一樣，早上起來寫，寫到晚上。但那樣的效率並不好，所以寫《橋上的孩子》跟《陳春天》過程都很痛苦，找不到方法，一直在苦熬，每天八小時在熬，寫不出來也要罰坐，我會一直強迫自己，因為我會覺得好不容易來臺北寫作，不應該浪費時間。

寫《附魔者》，做了非常多改變。其實在之前，我已經出了不少長篇與短篇作品，那時候也認識楊凱麟、駱以軍這些好朋友，我意識到我必須有所改變，想要從內在徹底改變自己，但又不知道怎麼改變。我重新做了一次書的整理，寫《附魔者》之前大概有八個月，都在讀書，讀普魯斯特《追憶逝水年華》，讀《卡拉馬助夫兄弟們》、《罪與罰》，還有大江健三郎，我以前沒有很認真讀過大江，還有波赫士。其實說真的，那時才讀波赫士，我都是自學，每次聚會都是這樣，他們提什麼書，我第二天就跑去政大書城買。一開始聚會我還蠻自卑的，因為我什麼都沒聽過，第二天就去書店買，回去狂讀。所以就是再次經歷一次大爆發，讀了蠻久，因為有的書我都用抄的，抄了好幾本。那八個月從早到晚，完全沒有寫作，就是一直讀。我想洗我的文字。〔……〕總之那時候就偷偷學，我在寫《附魔者》時當然經過很多困難的抉擇，我覺得我應該改變寫作方法，應該是那個時候，聽到有一個作家說，早上起床就寫作，我就想，這是一種方法，那我也要這樣。我那時候有去練瑜珈，因為那陣子身體不太好，也想去學游泳。在寫《附魔者》時，就想說早上起來寫一千字，寫完就休息，我發現這樣好像可以寫得比較好。因為我知道那本書我會寫很長，會超過二十萬字，我從來沒有寫過這麼長，體力上是個很大的挑戰。這個方法很有用，因為我有很多打工，要寫稿要演講，就變成下午我才去做其他事情，變得非常規律。每天寫一千字，如果沒工作我就會去練瑜珈，或者去游泳池裡面走路。我就只是想要練體力，也沒想到可以去健身房，但那時我也沒錢。那時候就處在一個非常好的狀態，有時候一兩點就寫完一千字，下午可以看書散步。我發現這樣的寫作，可以用一種很好的狀態，把很大的一本長篇小說寫完，大概不到一年就寫完。很規律，我會每天把字數寫在行事曆下面，我一直在想說，這如果是錢就好了。

字母LETTER

駱以軍專輯從字母會策畫者楊凱麟以「pastiche」（擬仿）這個詞評論駱以軍開始，駱以軍在字母會的二十六篇小說，證明他是強大的文學變種人，就像孫悟空一樣，可以自行幻化成無數機靈小猴，不只七十二變。德國哲學背景的蔡慶樺則從康德哲學解讀《女兒》，認為絕美的女兒眾神的毀滅，是這個世界正常化的過程，但女兒們還是可以不遭遺棄，得到幸福。我們將在這篇書評深入理解駱以軍的存在論。長達二萬四千字的專訪，駱以軍細談自己的文學啟蒙、如運動員般地自我鍛鍊，以及對文學發展的看法，並提及這三年面臨的生命崩壞。翻譯《西夏旅館》得到英國筆會翻譯獎的辜炳達，則撰文描述他如何從《西夏旅館》讀到了《尤利西斯》，在著迷中一頭栽進翻譯的艱困旅程，他列舉翻譯這本書的五大難題。透過這四個不同角度，期待能全面而完整地透視這位當代重要的華文小說家。

MAN *of* LETTER

n.[C]有著字母的人；有學問者。

LETTER，字母，是語言組成的最小單位；複數時也指文學、學問。透過語言的最小單位，一個人開始認識自己與世界，同時傳達與創造所感所思，所以LETTER也是向世界投遞的信函；《字母LETTER》是一本文學評論雜誌，為喜好文藝的人而存在。

字母LETTER：駱以軍專輯
Vol.1 2017 Sep. 定價150元

陳雪專輯以企畫專題「承認情感匱乏」前導。情感是人的標記，是人與他人關係之源，各種共同體存在可能的基礎，因此不僅是研究者與創作者探究幾千年的重要課題，更是凡人每日所需、所困與追尋一生的命題。蔡慶樺、魏明毅、黃哲斌分別從哲學史、社會心理、網路現象三方角度切入，探討當代社會情感匱乏現象，以深入關照當代人的內在困境，呼應本期「陳雪專輯」。一九九五年因《惡女書》成名而被冠上酷兒作家的陳雪，在二十多年的不斷蛻變中，以著作撐開家庭創傷、愛與性的冒險、同性戀與異性戀的情感追尋與各種被妖魔化的生命。曾經人生如著火入魔的陳雪，二〇一一年與同性伴侶早餐人的婚姻宣告之後，如地獄不空誓不成佛的地藏王，以拉子姿態成為戀愛教主。專輯將以四篇評論與專訪呈現陳雪的追尋之路。字母會策畫者楊凱麟在作家論中以「affect（情感）」為陳雪的關鍵字，評論陳雪是精神與肉身皆升壓的「情感競技」。兩位書評者，王智明以陳雪最新散文集《像我這樣的一個拉子》，評述陳雪如何自白拉子的淬鍊，並從飛蛾撲火的陳雅玲以寫作羽化成蝶，再造自己為小說家陳雪；辜炳達從建築空間與推理文類的發展史，重新定位《摩天大樓》落在世界文學史上的位置。人物評論則由楊美紅撰寫陳雪作品中來自底層的滾動力道。本期專訪則由兩家出版社編輯聯訪陳雪，陳雪將道出如何以文學自我教養，持續書寫所欲捕捉的傷害之內核，及二十多年來寫作的階段性變化，並談及近年寫臉書、散文，以及參與同志運動的想法，陳雪如今已是一個活活潑潑的陳雪。

字母LETTER：陳雪專輯
Vol.2 2017 Dec. 定價250元

字母會M死亡

作　者——楊凱麟、胡淑雯、陳雪、顏忠賢、駱以軍、童偉格、黃崇凱、潘怡帆
總 編 輯——莊瑞琳
責任編輯——吳芳碩
行銷企畫——甘彩蓉
封面設計——何佳興
內頁設計——張瑜卿
排　版——宸遠彩藝

社　長——郭重興
發行人兼出版總監——曾大福
出　版——衛城出版／遠足文化事業股份有限公司
發　行——遠足文化事業股份有限公司
地　址——二三一四一　新北市新店區民權路一〇八－二號九樓
電　話——〇二－二二一八一四一七
傳　真——〇二－八六六七一〇六五
客服專線——〇八〇〇－二二一〇二九
法律顧問——華洋國際專利商標事務所　蘇文生律師
製　版——瑞豐電腦製版印刷股份有限公司
初　版——二〇一八年一月
定　價——二八〇元

國家圖書館出版品預行編目資料

字母會 M 死亡 / 楊凱麟等作.
－初版.－新北市：衛城出版：遠足文化發行，2018.01
面；　公分.－（字母；15）
ISBN　978-986-95892-9-1（平裝）
857.61　　　　106025211

ACRO POLIS 衛城

字 母 會
FACEBOOK

填寫本書
線上回函

● 親愛的讀者你好，非常感謝你購買衛城出版品。
我們非常需要你的意見，請於回函中告訴我們你對此書的意見，
我們會針對你的意見加強改進。

若不方便郵寄回函，歡迎傳真或EMAIL給我們。
傳真電話——02-2218-8057
EMAIL——acropolis@bookrep.com.tw

或上網搜尋「衛城出版FACEBOOK」
http://www.facebook.com/acropolispublish

● 讀者資料

你的性別是 □ 男性 □ 女性 □ 其他

你的職業是 ________________ 你的最高學歷是 ________________

年齡 □ 20歲以下 □ 21-30歲 □ 31-40歲 □ 41-50歲 □ 51-60歲 □ 61歲以上

若你願意留下e-mail，我們將優先寄送________________衛城出版相關活動訊息與優惠活動

● 購書資料

● 請問你是從哪裡得知本書出版訊息？（可複選）
□ 實體書店 □ 網路書店 □ 報紙 □ 電視 □ 網路 □ 廣播 □ 雜誌 □ 朋友介紹
□ 參加講座活動 □ 其他 ________

● 是在哪裡購買的呢？（單選）
□ 實體連鎖書店 □ 網路書店 □ 獨立書店 □ 傳統書店 □ 團購 □ 其他 ________

● 讓你燃起購買慾的主要原因是？（可複選）
□ 對此類主題感興趣
□ 覺得書籍設計好美，看起來好有質感！
□ 議題好熱，好像很多人都在看，我也想知道裡面在寫什麼
□ 其他 ________
□ 參加講座後，覺得好像不賴
□ 價格優惠吸引我
□ 其實我沒有買書啦！這是送（借）的

● 如果你覺得這本書還不錯，那它的優點是？（可複選）
□ 內容主題具參考價值 □ 文筆流暢 □ 書籍整體設計優美 □ 價格實在 □ 其他 ________

● 如果你覺得這本書讓你好失望，請務必告訴我們它的缺點（可複選）
□ 內容與想像中不符 □ 文筆不流暢 □ 印刷品質差 □ 版面設計影響閱讀 □ 價格偏高 □ 其他 ________

● 大都經由哪些管道得到書籍出版訊息？（可複選）
□ 實體書店 □ 網路書店 □ 報紙 □ 電視 □ 網路 □ 廣播 □ 親友介紹 □ 圖書館 □ 其他 ________

● 習慣購書的地方是？（可複選）
□ 實體連鎖書店 □ 網路書店 □ 獨立書店 □ 傳統書店 □ 學校團購 □ 其他 ________

● 如果你發現書中錯字或是內文有任何需要改進之處，請不吝給我們指教，我們將於再版時更正錯誤
____
____
____
____
____

請沿虛線剪下

廣告回信
板橋郵局登記證
板橋廣字第 1139 號

請直接投郵•郵資由本公司支付

23141
新北市新店區民權路108-2號9樓

衛城出版 收

● 請沿虛線對折裝訂後寄回，謝謝！

ACRO POLIS 衛城出版

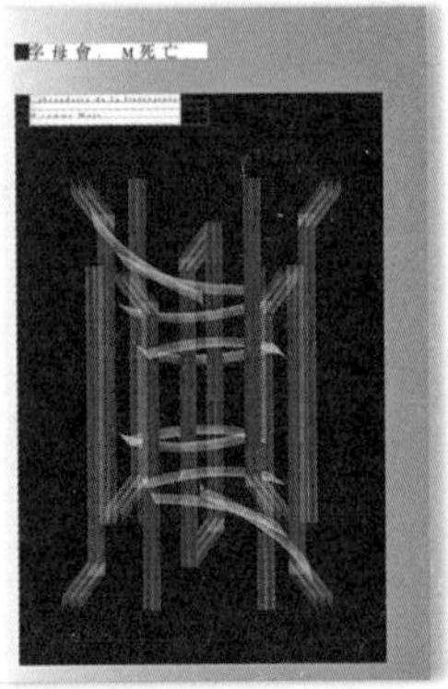